LA ENSEÑANZA DEL JARDINERO

Javier Garin

*Descendió lluvia, y vinieron ríos, y soplaron vientos, y golpearon
contra aquella casa; y no cayó, porque estaba fundada sobre la
roca.*

MATEO, 7,25

CONTENTS

CAPITULO 1: EL DON, LA TORCAZA Y LAS FOTOS.

*"…he dicho, por ti y por mí,
que la muerte no existe,
que el mundo no es un caos,
que es forma,
unidad,
plan, Vida Eterna, ¡Alegría!"*

Walt Whitman

Mamá fue la última de la familia en tener el don. Lo heredó de mi abuelo Camilo, y éste de mi bisabuela Pilar.

No se manifestaba de igual manera en cada uno de ellos. Mi bisabuela conectaba fácilmente con los muertos. A veces sus trances eran tan intensos que los cuadros se caían de las paredes y la mesa redonda donde practicaba sus sesiones se volcaba y salía rodando de la habitación.

Mi abuelo Camilo, el anarcosindicalista, además de combatir a amos y patrones en este mundo, confraternizaba con los oprimidos del otro mundo con ayuda de la Escuela Científica Basilio, hasta que mi abuela Nani le prohibió el espiritismo al ver que se posesionaba y ponía los ojos en blanco y garabateaba extraños y tenebrosos mensajes automáticos en una hoja. Pero, sobre todo, tenía el indeseado don de la precognición: anticipaba muertes y desgracias con exactitud pasmosa. Y hasta realizó, al menos una vez, un exorcismo casero a una pobre mujer endemoniada, que llegó a recuperarse.

Mi madre, agnóstica, rechazaba los encuentros con espíritus y no creía en demonios ni en la otra vida, al menos hasta que tuvo su primera muerte. En sus últimos días, antes de su segunda muerte, empezó a creer en la otra vida. Pero compartía con su padre la precognición y la percepción extrasensorial. Al ingresar a un edificio podía percibir si había ocurrido allí algún hecho luctuoso. Recién casada, mientras buscaba con mi papá una casa para alquilar, supo que en cierto departamento que les ofrecieron se había cometido un crimen con sólo abrir la puerta. Los vecinos le confirmaron que allí habían asesinado a unos ancianos. Son innumerables las ocasiones en que percibió que alguien iba a morir en fecha próxima o estaba gravemente enfermo. Y siempre acertaba. Podía saber si un ser querido se hallaba en dificultades graves o en trance de muerte a miles de kilómetros de distancia. Percibía tragedias en el mismo momento en que estaban ocurriendo. A veces tenía sólo sensaciones o presentimientos, otras veces distinguía de manera más o menos clara e inteligible una imagen que se le aparecía de repente ante los ojos. Por lo general, tales percepciones iban acompañadas de una voz en el oído izquierdo, que complementaba la información de manera autoritaria y precisa.

Por ejemplo, cuando cayó el avión de LAPA, ella lo vio en la ventana de la cocina, mientras la voz le decía: "es un avión, se está chocando", y se lo dijo a mi padre Al rato apareció la noticia en el televisor. Cuando fue el desastre de

Cromagnon, ella despertó de un entresueño envuelta en un resplandor rojizo que lo cubría todo, y la voz le susurró: "es un incendio, gente muere".

En otras ocasiones la voz le alertaba: "esta persona está muy enferma, es la última vez que la verás." Cuando a su hermano Lolo le extrajeron in extremis un riñón a mil doscientos kilómetros de distancia, ella oyó la voz que le susurraba: "Lolo está mal", y decidió viajar aunque nadie le había informado. Cada vez que cierto amigo de mi hermano venía de visita, la invadía la tristeza y la voz le decía: "Morirá joven"; poco después él murió en un accidente de moto. De visita en un campo de Las Flores, tuvo una horrible impresión al ver al dueño del campo y dijo a mi padre: "La próxima vez que vengamos este hombre no estará"; a los meses se suicidó volándose los sesos con una escopeta. Al besar a un sobrino pequeño en una fiesta de cumpleaños, la voz le dijo: "Está muy enfermo": al tiempo, le descubrieron un tumor, hasta entonces asintomático, y el niño, pobrecito, falleció. Cuando murió otro pariente cercano, lo supo porque un espejo voló de pared a pared y se rompió en mil pedazos. Supo la muerte de su propia madre mientras le acomodaba unas plantas en una maceta redonda que, de repente, asumió ante sus ojos la forma de un ataúd, mientras la voz le decía: "Va a morir". Supo que mi hermano Riki, el navegante, estaba en peligro en medio de una tempestad en el Mar del Norte porque se despertó en la noche vomitando y la voz le dijo: "las olas". Podría seguir enumerando sus premoniciones durante decenas de páginas.

No se trata de simples casualidades o relatos ex post facto que se acomodan a los hechos. A mí me refirió varias de estas percepciones en el mismo momento en que las tuvo, luego confirmadas por los noticieros o por un ominoso llamado telefónico.

¿Por qué sus hijos, nietos o sobrinos no tenemos el don? ¿Por qué no lo heredé de mi madre, como heredé el daltonismo? Esta anomalía visual, dicen, la transmite la madre a un hijo varón, sin padecerla ella. Debido al daltonismo que me legó, veo el mundo de manera por completo diferente a los demás. Mi madre, mi abuelo y mi bisabuela percibían también un mundo diferente, un mundo donde, en vez de colores alterados, había presencias y sucesos misteriosos, inadvertidos para las otras personas.

Mi abuelo no cuestionaba el don, aunque muchas veces lo lamentaba, pues le revelaba desgracias que hubiese preferido no conocer. Mi madre, sobre todo en sus últimos años, se planteaba interrogantes:

-¿Pero entonces el destino ya está escrito? Si yo puedo ver cosas que aún no sucedieron, ¿eso significa que no hay libre albedrío, que el futuro es inmodificable?

Yo creo que tal vez podría haber heredado una parte del don de no haberlo sofocado dentro mío a causa del racionalismo y el cientificismo que cultivé a partir de la pubertad, edad en que ciertos sucesos me hicieron perder la fe y volverme ateo y materialista recalcitrante. Empecé a ridiculizar estas vivencias, así como me burlaba con soberbia adolescente del catolicismo de mi viejo, a quien atormentaba echando mano a cuanto argumento anticlerical había extraído de los libros. Mi madre no creía en la religión y despreciaba a los curas, pero defendía sus vivencias psíquicas firmemente. Muchas veces intenté refutarla atribuyendo todo a su imaginación. A pesar de que luego comprobaba que sus anticipaciones se habían cumplido, procuraba a toda costa darles una explicación racional o reducirlas a meras coincidencias.

Recuerdo cuando, tras festejar una reunión con sus amigas en el patio, me comentó al día siguiente muy preocupada:

-A Trini le va a pasar algo.

-Uh, otra vez. Dejate de joder. ¿Por qué decís eso?

-Porque anoche no pude verle la cara en toda la cena. Cada vez que la miraba la veía tapada por una nube negra.

-Ella es morocha y no habría buena luz donde estaba sentada.

Mi madre insistió en hacer la prueba. Se sentó donde la noche anterior y yo en el lugar de Trini, con la misma iluminación. Me dijo que no me daba ninguna sombra sobre la cara. Y agregó:

-Trini se va a morir. Esa nube negra significa muerte.

Días más tarde le descubrieron un avanzado tumor cerebral y poco después moría internada. Sin embargo, yo insistí en que era todo el fruto de la causalidad.

A esta presuntuosidad obcecada nos ha reducido el pensamiento cientificista. Como el jerarca eclesiástico que rehusó mirar por el telescopio de Galileo las montañas de la luna, porque la Biblia negaba que fuera un cuerpo semejante a la Tierra, así también nosotros, los racionalistas modernos, nos empeñamos en no querer ver nada que ponga en tela de juicio la lógica cientificista y la estricta razón cartesiana o no exhiba una cadena de causalidad material rigurosa e irrefutable. Aquello que no pueda reducirse a átomos y componentes tangibles pensamos que no existe. Somos incapaces de ver el mundo que veían nuestros antepasados, poblado de espíritus y presencias numinosas. Nos burlamos de la mera posibilidad de su existencia, lo tildamos de superstición y nos refugiamos en las nuevas religiones que entronizan como divinidades al Estado, el Mercado, la Tecnología, el Dinero, el Líder, el Partido, las Corporaciones, y todas esas idolatrías dominadoras que nos parecen más "racionales" que los ídolos primitivos, aunque son igual de absurdas y muchísimo más peligrosas. Nos reímos de las antiguas cosmogonías, pensamos que el Génesis es una fábula y no nos percatamos de que la nueva cosmogonía presuntamente racional del Big Bang no es otra cosa que una versión moderna del "fiat lux" expurgada de la intervención divina. "Aquello era un mito, esto es ciencia y se basa en pruebas", decimos, y parecemos no advertir el absurdo e insuficiencia de afirmar que el universo se originó por sí mismo a partir de un punto matemático y comenzó a expandirse engendrando de la nada espacio y tiempo y masas de gas y de polvo que, condensadas, pasaron a formar estrellas y planetas y galaxias, sin que se nos pueda explicar cómo ni por qué ni qué había antes del impenetrable horizonte de sucesos, cuando no existía ni siquiera el tiempo. Lo aceptamos y lo creemos como un dogma porque lo afirman los modernos sacerdotes astrofísicos, del mismo modo que los antiguos aceptaban el mito del Génesis por la autoridad de los escribas que pasaron en limpio el Pentateuco. Los teóricos más atrevidos osan afirmar que antes de este universo que se expande hubo otro que se expandió y se contrajo, y antes otro, y, sin darse cuenta, no repiten ya el Génesis sino los mitos hindúes de una cadena infinita de ciclos. Nos escandalizamos de la superstición religiosa sin advertir que murieron más personas a causa de las armas y campos de concentración científicamente desarrollados que por todas las guerras de religión. En la apoteosis de la Razón Instrumental, llamamos progreso -Adorno dixit- a reemplazar el tosco arco y flecha por la científica bomba H.

Pasaron años hasta que leí en Freud los tres ensayos en los que relataba, con suma cautela, experiencias recogidas en la labor clínica sobre eventos de apariencia sobrenatural, presagios, telepatía, premoniciones. Más tarde encontré en Jung un acercamiento mucho menos prejuicioso a estos fenómenos, entre otras razones porque él mismo y una de sus hijas tenían las mismas facultades que mi madre o mi abuelo. Investigando sobre el Apocalipsis y su interpretación a través de la historia, comprobé que las visiones atribuidas a San Juan en Patmos, a Daniel en Babilonia, a José en Egipto, no eran muy diferentes -aunque sí de escala mayor- a las que percibía mi madre. Los repetidos presagios de muerte de Julio César, los que vio en un espejo y refirió Lincoln sobre su propio asesinato, y los incontables de otros personajes históricos registrados por los cronistas son del mismo tenor. Leyendo las indagaciones de Jung y Pauli acerca de la sincronicidad, y sobre todo la hipótesis del inconsciente colectivo, de una psiquis de la especie no limitada por barreras temporales, creí hallar una respuesta al interrogante de mi madre. No era que el destino estuviese prefijado ni el futuro escrito; era que ciertas personas, en determinadas condiciones, y por obra de facultades especialmente agudas, podían penetrar hacia el interior de esa psiquis colectiva atemporal, donde se asienta la memoria profunda de la humanidad, en que conviven el futuro y el pasado, y extraer de ese reservorio los ecos de sucesos conmocionantes o significativos que para el individuo aún no ocurrieron, pero que ya viven en la mente de la especie. Muchas veces hablamos de esto con mi madre sin ponernos de acuerdo.

Aunque dije que no he heredado el don, al menos algo del don puedo reconocer en mí, porque muy excepcionalmente soy capaz de percibir la presencia de los muertos. Esto lo supe una vez en el Sur, regresando de la pingüinera de Punta Tombo, cuando el auto se me quedó sin agua y tuve que invadir un predio al costado de la ruta, rodeado de álamos, buscando un tanque australiano donde cargar unas botellas. En esos momentos algo se manifestó en la atmósfera; el estremecimiento de las hojas de los álamos adquirió una vibración particular, y me inundó una congoja sofocante, una opresión y una tristeza infinitas. Supe, sin que nadie me lo explicara, y sin haberlo experimentado antes, que había un muerto allí, un muerto rodeado de sufrimiento. Al cruzar la barrera de los álamos apareció ante mí, tal como había presentido, una tumba solitaria y suntuosa, de mármol; pertenecía a una mujer fallecida antes de que yo naciera; más tarde averigüé que se había suicidado y por esa razón no estaba en el cementerio.

Mi abuelo, para quien todo esto era una experiencia normal, me describió la visita de los muertos de un modo muy claro y reconocible, me dijo que él los notaba mediante una opresión particular en el pecho o en la boca del estómago; si eran presencias dolorosas, podía experimentar angustia, como aquella vez en el Sur; a veces sólo percibía un olor. El olor era muy particular, sulfuroso y focalizado. Mi abuelo decía que los antiguos confundían el olor de azufre con una presencia demoníaca, pero en realidad se trata de espíritus de difuntos, a los que no hay que temer. Poco tiempo después de su muerte, yo sentí ese olor de manera muy precisa en el patio, junto a la entrada de mi casa; llamé a mi primera esposa y le pregunté si ella también lo sentía. Me lo confirmó. Era tan focalizado que bastaba moverse unos centímetros para no sentirlo; aunque soplara una brisa, no cambiaba de lugar. El olor permaneció allí unas cuantas horas, hasta que me atreví a decir: "Ya sé que sos vos, Camilo, y viniste a despedirte. Gracias, abuelo, andá tranquilo". En ese instante el olor se disipó. Cuando murió mi padre, años después, sucedió lo mismo en un pasillo interior, y el olor no se retiró hasta que me avine a hablar con el espíritu de mi padre y despedirlo.

Por eso no me extrañó en modo alguno que, pocos días antes de la muerte de mi madre, hubiera pasos en el jardín sin presencia visible. Mi madre estaba entonces muy postrada en la casa del fondo; la artrosis no le permitía caminar; le habían colocado un marcapasos; no podía levantarse ni ir al baño y había que higienizarla; más de una vez la oí llamar a su madre fallecida, sin que advirtiera que yo estaba escuchando, y decirle:

-Vení, mami, llevame. No quiero seguir viviendo así, esto no va más.

Fue una de esas noches que, al regresar a mi casa de adelante, mi pareja y yo oímos perfectamente los pasos en el jardín, haciendo crujir los guijarros en la oscuridad. Se oyó tan nítido el sonido que encendí las luces y salí al patio, imaginando un intruso o un ladrón, y por supuesto no había nadie: supe que había sido el espíritu de mi abuela convocado por mi madre.

El domingo antes de su muerte definitiva, mi madre murió por primera vez mientras la limpiaba. Al moverla -torpemente, por mi falta de entrenamiento-, no advertí que se había desvanecido, y cuando intenté reanimarla no respondió: estaba muerta. Su corazón se había detenido. Comencé a hacerle resucitación sin obtener respuesta durante muchos, muchos, eternos minutos, hasta que al fin volvió a respirar y recobró la conciencia. Me dijo:

-Ay, qué lástima que desperté. Estaba muy bien, no tenía miedo ni dolor, era feliz. Vino a recibirme mi mami y me dijo: "Volvé, nena, volvé, todavía no es el tiempo, falta poco". Y regresé, pero no quería. La muerte no es sufrimiento, es felicidad.

El miércoles siguiente volvió a desmayarse en un momento en que la señora que la asistía no se encontraba presente, y cuando lo advertimos no pude reanimarla por más que lo intenté, bombeando su pecho sin detenerme durante media hora, hasta que llegó la ambulancia con sus artefactos de resucitación. Todo fue inútil.

Desde entonces, cada vez que yo entraba en la casa del fondo percibía con claridad movimientos y presencias, crujidos de madera, cambios de atmósfera; más de una vez pregunté en voz alta: "¿Sos vos, vieja?" Dicen los entendidos que los espíritus de los muertos encuentran vías favorables para comunicarse a través de los pájaros o de otros animales: mi madre tenía la costumbre de conversar diariamente con el gallo del vecino que da a los fondos; y ahora, al preguntar si era ella quien se hacía notar, el gallo me respondía con un canto sonoro y firme, que mi imaginación presumía asertivo. Otro día entré en la casa del fondo, y al abrir la puerta se coló delante de mí una torcacita y fue directo a posarse sobre el sillón de mi madre, sin el mínimo temor. Le dije que ya no hacía falta que viniera a visitarme, que ya sabía que estaba bien; la torcacita voló por donde había entrado, y nunca más vi o sentí la presencia de mi madre.

Pasaron como ocho meses hasta que hoy, finalmente, decidí retirar todas las cosas de mamá de la casa del fondo, incluyendo las innumerables fotos familiares que había colgado por todas partes, como en un panteón familiar. Todos esos cuadritos los reuní en la habitación del primer piso, una suerte de altillo que alguna vez fue dormitorio y refugio infantil de mi hija Victoria, y los colgué con ganchitos de las paredes.

Al hacerlo, me di cuenta de que mi madre se había erigido en una suerte de custodio de la memoria familiar. Todo está allí: mis abuelos, mis tíos, mis padres, sus amigos, mis hermanos y yo y por supuesto los nietitos, decenas y decenas de fotos de los nietos en todas sus edades, desde la cuna hasta la universidad. Hay fotos del sobrino nieto fallecido a los diez años, hace más de dos décadas, y de Adrian, el amigo de mi hermano Cristian, asesinado por desconocidos para robarle una moto en la puerta de la casa. Está el día en que Alan intentó caminar y se cayó y el día en que se recibió con toga. Hay fotos de Victoria bebé en una hamaca paraguaya y de Victoria dando una conferencia en La Habana o estudiando en Paris. Está Lourdes con babero y de adolescente. Está mi hermano Riki con su perro Titán en Santa Teresita y mi hermano Cristian con la perra Lizzie en el patio. Fotos de viajes, fotos de casamientos y de despedidas. Mi mamá con tres años vestida de ángel y con cabellos ensortijados rubios. Mi papá posando como actor de cine de los cincuenta o vestido de mecánico en el taller. Muertos que murieron hace muchas décadas están aquí viviendo, recordados. Están las fotos que mi madre veía todos los días, y a veces las acariciaba y besaba, como la foto de Nani, su mamá, abrazada a mi tío Lolo, la cual pidió besar antes de morir, diciendo: "Mamita, ya voy con vos, espérame".

Hace poco releí el cuento de Bradbury sobre la abuela robot, la abuela eléctrica, que decía a sus nietos humanos:

"Yo tengo la memoria de toda la familia. Cuando ustedes hayan olvidado quiénes son y de dónde vienen, allí estaré yo para recordárselo." Ese era también el cometido de mi madre y sus fotos. Ahora están aquí, en la antigua habitación de Viki, y yo no sé si seré un buen custodio, o un guardián olvidadizo, pero al menos puedo contemplarlas hoy, en este lento atardecer otoñal, y recordar quién soy y de dónde vengo, cuando ya casi lo había olvidado.

Y de pronto pienso que debería yo también hacer algo parecido a estas fotos: retener, antes de que se disuelvan en el olvido, los recuerdos de mi familia, recuerdos que no son muy diferentes a los de tantas y tantas familias y que posiblemente no tengan importancia sino para aquellos a quienes nos conciernen directamente, pero que, quizás por esa misma razón, por representar a tanta y tanta gente que tuvo vivencias semejantes, no son indignos de ser preservados.

Mi abuelo Camilo, el anarquista, solía decir que los historiadores se ocupan de los poderosos, que en realidad son los verdugos de la humanidad, y desdeñan a los hombres y mujeres del pueblo, que son sus víctimas. Sospecho que seguía en esto las enseñanzas de Kropotkin, quien, en su hermosa Historia de la Revolución Francesa, no menciona casi a ningun dirigente, sólo habla de las masas y las clases sociales en pugna. Mi abuelo también decía que los poderosos diseñan la geopolítica y la gente anónima la padece. Y creo que tenía razón, porque, como contaré más adelante, eso precisamente sucedió a mis ancestros. Piter, el irlandés, huyó de la matanza de irlandeses hecha por los ingleses y de la guerra de los esclavistas en América del Norte. Garin, el altosaboyano, huyó de los acuerdos de reparto de territorios hechos por Napoleón III y de la represión desatada por Thiers. Mis antepasados italianos huyeron de la guerra con Austria. Mis antepasados españoles huyeron de las consecuencias de la guerra hispanoamericana. Los líderes hacen las guerras, la gente anónima las sufre, pero la historia sólo se ocupa de los primeros: esos políticos, banqueros y estadistas a quienes Alberdi no vacilaba en señalar como los mayores criminales, ya que matan, saquean esclavizan y violan a miles o a millones. Cuando veo en las calles a los vendedores senegaleses expulsados de su tierra por la sequía y el cambio climático que generan las grandes potencias, pienso que así les sucedió también a mis ancestros: ellos huían de las calamidades provocadas por otros, sin más aspiración que poder vivir en paz. Hace poco sufrí un robo callejero y fui herido seriamente, y el muchacho que me salvó al llevarme al hospital sangrando en su auto era un ucraniano, un joven escapado de los conflictos que precedieron a la invasión rusa de Ucrania. ¡Siempre los líderes destruyendo y pisoteando a la pobre gente en nombre de la Patria, la Revolución, la Soberanía, la Libertad y todo ese palabrerío en que se oculta la ambición, la codicia y el desprecio por los semejantes!...

De manera que en las próximas páginas hablaré de esta gente anónima que formó y forma mi familia. Tal vez sus historias parezcan insignificantes, y sin embargo cada una de ellas es una epopeya en su diminuta escala. Recuerdo haber leído con emoción este mismo concepto en Balzac, en su bella novela "Grandeza y decadencia de César Birotteau". Allí se preguntaba quién sería el poeta capaz de cantar la odisea de un simple comerciante en perfumes que va a la quiebra; pues, por pequeña que sea la historia, hay también en ella una muestra conmovedora del espíritu humano, de sus sueños y sus derrotas, su valor y su heroísmo.

CAPITULO 2 ENTRE ESPÍRITUS Y ANARQUISTAS

En el fondo de casa, donde vivía mi madre en sus últimos años, detrás de una casi impenetrable muralla de helechos, lucía hasta hace poco una foto vieja y estropeada, apoyada contra el jarrón que hacía las veces de centro de mesa. Era la foto de casamiento de sus padres fallecidos. Ella solía bendecirlos en silencio, a veces murmurando, como los antiguos romanos frente a los manes, lares y penates:

-Ellos me protegen.

Y luego señalaba un defecto de la foto, una especie de mancha blanca detrás de la cabeza morenísima de mi abuelo Camilo:

-¿Ves ese resplandor? Es el aura de Camilo. El don.

Mucho antes de nacer mi abuelo Camilo, ya los sucesos sobrenaturales se venían encadenando. Así me lo relataba él mismo cuando yo era niño, y lo repitió más tarde, en su vejez avanzada, cuando lo interrogué, grabador en mano, sobre los hechos de su vida. Si se trata de hechos reales o leyendas deformadas por su fantasía, no lo sé, y en todo caso importa poco, porque él creía en ellos e influyeron en su existencia. No oficio aquí de historiador para separar lo real de lo legendario, sino de cronista de la memoria familiar, en la que conviven los hechos comprobables con las leyendas y los mitos, y así debo aceptarlo.

Hay que imaginar a mi abuelo Camilo en esas sobremesas interminables de la familia o de amigos en las que desgranaba sus historias. Todos los comensales se callaban con respeto. Cuando eran historias ya contadas muchas veces, fingíamos no haberlas oído. A veces esperábamos, con mis hermanos, pescarlo en alguna contradicción o en un cambio aunque más no fuera insignificante; preparados para saltarle encima con un "pero la otra vez dijiste otra cosa". Eso nunca sucedió. Siempre las contaba del mismo modo, con los mismos detalles, casi con las mismas inflexiones de voz, como números de teatro muy ensayados y representados.

Era un narrador oral consumado. Hacía un relato circunstanciado y actuado. En los diálogos, asumía la voz de cada parlante, imitaba sus tonos, sus gestos. Introducía pausas reflexivas, manejaba el suspenso. Es preciso imaginarlo con su figura flaca, su rostro chupado, sus pómulos marcados, sus anteojos negros aún en el interior de la casa o con poca luz, su atildado vestuario, su poncho de alpaca sobre el hombro, su cuello perfectamente limpio. Tengo en mi estudio el retrato a lápiz que le hice mientras lo grababa; recuerdo que, al verlo terminado, suspiró y dijo: "la pucha que estoy viejo", pues fue coqueto hasta la ancianidad. Como si no se hubiera percatado frente al espejo cotidiano y sólo lo descubriera en mi dibujo. Lo que relato a continuación y en cada pasaje que a él se refiere, no son más que pálidas imitaciones de su relato oral, desprovistas de la riqueza de sus tonos y de sus gestos. Los diálogos no son dramatizaciones mías sino simples transcripciones de los cassetes que grabé y aún conservo, aunque ya casi no existen reproductoras donde pasarlos.

Camilo contaba que mi bisabuelo Manuel, su padre, era carpintero en un remoto pueblito de España cuyo nombre y región se han olvidado, quizás en Galicia o tal vez Asturias. Manuel estaba recién casado con la joven Pilar

Silva, de origen portugués, y aunque pasaban necesidades por la miseria reinante, no quería buscar nuevos rumbos. Su hermano mayor, emigrado a Cuba, lo había invitado a compartir su casa y el trabajo en un taller de ebanistería en la isla. Mi bisabuelo dudaba en aceptar la invitación hasta la noche en que fue sorprendido en pleno bosque por la Santa Compaña.

Dice el relato que volvía de una visita familiar en el campo, caminando solo, porque su mujer estaba enferma, cuando lo atemorizó un profundo silencio; los pájaros, las lechuzas, hasta los grillos, callaron por completo; una fúnebre campana comenzó a sonar en alguna parte. En una encrucijada, entre bosquecillos, se detuvo aterrorizado al percibir el denso olor a cera que despiden muchas velas encendidas, mezclado con un vaho a tierra húmeda, como se huele al cavar una tumba en un cementerio sombrío. Vio la procesión de muchas ánimas envueltas en sudarios, que avanzaban en las tinieblas alumbradas por pálidas velas y murmurando a coro una monótona oración. Frente a ellas, un vecino del pueblo, único viviente, pero sonámbulo, esclavizado por designios ultraterrenos, cargaba un candil y enarbolaba una cruz. Al ver a mi bisabuelo, que se había quedado clavado en la tierra, le ofreció la cruz. Manuel, recordando cuanto le habían contado las viejas del pueblo sobre la manera de no ser atrapado por la Santa Compaña, respondió: -. ¡Ya tengo mi propia cruz!-. Y sacó a relucir un crucifijo que colgaba de su cuello, y luego se arrojó boca abajo al suelo y aguardó un largo tiempo hasta sentir que se apagaba el espectral murmullo y se disipaba el olor de las velas. Al llegar a su casa, contó lo ocurrido a su mujer, quien sabía interpretar los designios de los muertos.

-Debemos irnos o la Compaña nunca te dejará en paz- dijo Pilar.

Este habría sido el episodio que, según me contaba Camilo, los decidió a abandonar su pueblo y aventurarse a América. La Santa Compaña no era moco de pavo:

realmente aterrorizaba a los campesinos como una de las más antiguas y sólidamente establecidas leyendas de fantasmas medievales.

Así que se fueron a Cuba. Ello no debe extrañar. A lo largo del siglo XIX la isla, una de las últimas colonias españolas, había recibido constante flujo migratorio de la metrópoli. Cuando en 1853 la peste y el hambre devastaron regiones enteras de la Península, aparecieron proyectos de emigración hacia Cuba para aprovechar la mano de obra desesperada de Galicia y de otras regiones y sustituir con ella a los esclavos, bajo condiciones de trabajo obviamente pésimas. Sólo a partir de 1870 la isla empezó a ser superada por Argentina como destino migratorio. Hacia 1890, con la crisis financiera que provocó la caída de Juárez Celman, la corriente migratoria volvió a cambiar a favor de Cuba; se detuvo por la guerra con Estados Unidos, en 1898, tras la sospechosa voladura del buque yanqui "Maine" en el puerto de La Habana, en aparente autoatentado; y se reanudó luego. Los amos imperiales habían cambiado, pero los migrantes seguían en contacto con sus familias y las incitaban a viajar. Es entonces que llegan mis bisabuelos a La Habana, en un escenario incierto, con una España humillada frente al naciente poderío militar de los Estados Unidos, los nuevos señores.

La suerte no acompañaba a Manuel y Pilar. Se habían extraviado los correos, y el hermano de Manuel no llegó a enterarse a tiempo de su viaje. Él mismo había zarpado tres días antes con destino al puerto de Buenos Aires.

Mis bisabuelos se encontraron solos y desamparados en La Habana. Gastaron sus últimos pesos en conseguir un alojamiento provisorio. Manuel pudo ubicar el taller donde había trabajado su hermano. Era un establecimiento muy activo, célebre por la maestría de sus artesanos. No tardó en ser contratado, ya que era excelente ebanista.

Pilar consiguió un empleo como doméstica en la casa de una de las más ricas familias de Cuba, de apellido

Pons. Su patrón era un reconocido maestro de esgrima, campeón universal de florete, y tenía hijos pequeños. Pilar quedó embarazada, pero siguió trabajando. Como la mujer del patrón también lo estaba, acordaron que, una vez producidos los partos, sería nodriza del hijo del patrón.

A los siete u ocho meses de embarazo, Pilar sintió que el niño que se gestaba en su vientre empezaba a sacudirse de manera inusual.

-Está llorando -murmuró. Y se alegró porque era un claro signo de que el niño había heredado sus poderes. Pero no dijo nada, para no malograrlos.

Desde entonces fueron muchas las veces que el bebé lloró en el vientre de Pilar, y también produjo balbuceos que sólo ella podía oír.

Cuando se acercó el momento del parto, Pilar fue asistida por una comadrona muy experta de la casa vecina a la pensión donde vivían. La comadrona echó del cuarto a mi bisabuelo y se quedó a solas con Pilar, quien gritaba en medio de fuertes y desacostumbrados dolores.

-Cálmate, Pilarcito -le dijo-, que el niño ya viene.

Y luego, mientras ayudaba a mi abuelo a nacer, exclamó llena de alegría, al tiempo que se santiguaba:

-Ay Pilar, bienaventurado sea este niño. Trac el Manto de la Virgen.

El bebé nació con el rostro envuelto en el velo amniótico, signo que, desde los tiempos de los romanos, es considerado un don sobrenatural.

-Y es de color claro- agregó la comadrona, terminando de completar los buenos augurios. La claridad del velo es señal de buena fortuna, mientras que un velo oscuro expresa un destino infausto o poderes maléficos.

La comadrona le retiró el velo y lo envolvió delicadamente en un pañuelo y le dijo a Pilar:

-Guárdalo bien, y dile a tu marido que lo entierre en un lugar secreto, para que nadie pueda utilizarlo para embrujar a tu niño o robarle el don.

Bautizaron a mi abuelo con el nombre de Camilo y cumplieron con el recaudo de enterrar el Manto de la Virgen.

Si se confirmaron o no los presagios, si mi abuelo tuvo o no buena fortuna y si gozó o más bien padeció dolorosamente los poderes sobrenaturales que se le anunciaron, es algo que sólo pudo develarse con el correr de las décadas.

Un hecho que produjo las más graves consecuencias en la vida de mi abuelo es que era muy, muy moreno. Pilar, delgada, blanca, rubia, de ojos azules, más parecía inglesa que española. Manuel era rubio y de piel blanca, lo mismo que todos sus hermanos. No podía ignorarse el hecho de que nadie en la familia era tan moreno como Camilo. Pilar alegaba tener un abuelo morisco, pero no había fotografías para comprobarlo.

A medida que Camilo fue creciendo, su cabello ensortijado resultó cada vez más llamativo. No es posible exagerar el daño que ello le ocasionó. Toda la vida lo llamaron "negro", y este apelativo, que terminó aceptando con resignación, fue un emblema de desprecio que pesó siempre sobre él.

Su color de piel parecía el perenne recordatorio de una infidelidad materna en aquella isla donde no escasean los descendientes de africanos.

Tal vez por eso nunca se llevó bien con su padre, hasta el remoto día en que Manuel, ya en su lecho de muerte, concluyó por arrepentirse de todas las brutalidades cometidas contra él.

Ese apodo, "negro", fue el calamitoso señalamiento con que toda la familia paterna hizo patente su desdén hacia el pequeño Camilo, que no sólo era moreno sino tambien, quizás, hijo adulterino.

"El negro Camilo". Así lo llamaron con los años sus amigos. Sus enemigos eran más directos: "ese negro de mierda".

¿En cuántas peleas se habrá trabado mi abuelo a lo largo de su vida, para hacer pagar a sus ofensores el mote de "negro"?

En mi inconsciencia infantil, yo me he reído alguna vez, siendo niño, de sus esfuerzos por negar la oscuridad de su piel. Hoy comprendo que lo hacía porque para él era una llaga viva, una señal del desprecio padecido. Se peinaba muy cuidadosamente para que su cabello pareciera ondulado y no ensortijado, e insistía en que el color de su tez era producto de largas exposiciones al sol debido a sus trabajos, mientras señalaba de manera pueril:

-Mirá mis pantorrillas. ¿Te das cuenta de lo blancas que son?

Debo decir, a favor de su insistencia, que su hermana menor, Mercedes, sin ser morena como él, tenía muchos rasgos faciales en común. En cambio, su hermano menor, Manolito, era rubio y de ojos celestes y no se le asemejaba en nada. Ninguno de sus hermanos nació en Cuba, sino años después en Buenos Aires.

Pero no importa aquí desentrañar si fue o no un hijo adulterino y si tenía o no sangre africana en sus venas. Lo único cierto es que sufrió de por vida el estigma de ser sospechado de ambas cosas, y padeció por ello los peores malos tratos que puede sufrir una criatura.

Pons, el campeón de florete universal, llamó un día a mi bisabuela y le dijo:

-Ya has tenido a tu niño y el mío está por nacer. Es preciso que te mudes a nuestra casa para que puedas darle el pecho a cualquier hora, como acordamos.

Mi bisabuela iba a cobrar por ello un dinero nada desdeñable en la situación en que se encontraban.

Se encargó de buscar una familia que a su vez cuidara a su hijo, ya que el patrón no quería que compartiera la leche. Tal vez el campeón de florete pensaba que alternar la teta con un niño pobre podía llegar a contagiar a su hijo de vaya a saber qué tara o enfermedad. Los ricos tienen verdadera pavura de contagiarse la pobreza.

Los cuidadores de mi abuelo, a quienes Pilar había conocido de manera casual, eran un matrimonio pobre, de color, con una parva de hijos pequeños, que vivían en una choza de pescadores en las afueras de La Habana y se dedicaban a los más humildes menesteres para sobrevivir.

Mis bisabuelos dejaron al pequeño Camilo en aquella choza un domingo por la tarde, sin mayores ceremonias. Aunque, al relatarme estos hechos, Camilo jamás censuró abiertamente tal decisión, difícilmente podía reprimir una mueca de disgusto. Aquel primer abandono, perpetrado a tan corta edad, para que su madre pudiera amamantar a un niño rico, debe haber influido en su carácter y en su forma de entender el mundo. Mi abuelo fue siempre un hombre dotado de una aguda conciencia de clase, afinada por el trato con los anarquistas. No diré que odiaba a los ricos, pero sí los despreciaba y estaba orgulloso de su condición de proletario.

Así que Pilar se instaló en el palacete de los Pons y dedicó los meses siguientes a la labor para la cual había sido contratada. Manuel, entretanto, prosiguió su tarea en el taller. En ciertos días preestablecidos tenía permiso para visitar a su mujer en la habitación de servicio.

Es tradición familiar que Manuel contribuyó con su maestría a la restauración del mobiliario y revestimientos del célebre Palacio de los Capitanes Generales, en La Habana vieja, antigua sede de las autoridades coloniales españolas y de la intervención yanqui, y donde a la sazón se estaba instalando la residencia presidencial. Pese a ello, le pagaban sueldos de miseria.

Por aquellos tiempos fue que mi bisabuelo comenzó a toser. Una tos fea, persistente. Un día un compañero de trabajo, muchos años mayor, le dijo, al verlo debatirse en un acceso sobre la mesa de carpintería:

-Dígame, joven. ¿Lo ha revisado algún médico?

-No. No es nada.

-Esa tos no es buena. Usted está muy delgado y ojeroso. ¿Come bien?

-Sí. ¿Y además usted qué sabe? ¿Es médico?

El viejo artesano no se ofendió por la brusquedad de la respuesta. No desconocía que mi bisabuelo, aunque excelente en su oficio, era una persona muy ignorante.

-Mire, joven- le dijo-. No soy médico pero soy vidente. Y aunque no hubiera conocido a muchos tísicos en mi vida, tosiendo con tos seca como usted, y con la misma flacura y ojos hundidos, igualmente me daría cuenta de lo que le pasa.

-¿Qué dice?- se enojó Manuel, al tiempo que se asustaba-. ¿Tísico, yo? Si soy fuerte como un toro.

-A que le dan calores y cansancio al ponerse el sol.

-Es por trabajar.

-¿Y también es por trabajar que usted se despierta en la noche con un sudor frío en todo el cuerpo y la sábana humedecida?

Manuel empezó a atemorizarse.

-¿Y eso cómo lo sabe?

El viejo artesano ni le contestó. Se limitó a preguntarle a su vez:

-Anoche tuvo chuchos, ¿no es cierto?

Ya menos incrédulo, mi bisabuelo asintió con preocupación.

-¿Hoy comió algo?

-No. Tenemos que ahorrar, y además no tenía hambre.

-¿No tiene hambre?

-No. Nunca.

El viejo lo escudriñó severamente.

-Mire, joven. Lo suyo no es broma. Yo lo puedo ayudar, todavía está a tiempo. Pero si no hace lo que le digo, en pocos meses estará en un ataúd.

Con esta advertencia, mi bisabuelo dejó de tomar el asunto a la ligera. Prosiguieron trabajando, cepillando pacientemente un mueble, pero al cabo de unos minutos de hosco silencio Manuel se interrumpió, dejó el cepillo a un lado y preguntó a su compañero:

-Vea, don Tomás. Eso que me dijo... No estoy para bromas. Tengo familia y...

-Bueno, joven. Escúcheme bien. Yo le voy a curar la inapetencia y lo voy a ayudar a recuperarse. Pero no quiero caprichos ni tozudez. ¿Va a hacer lo que le diga?

-Si, don Tomás.

-Bien. Cuando paremos a descansar, usted vaya hasta el almacén y pida una botella de cerveza lager y tráigamela que yo se la voy a magnetizar.

Refunfuñando, mi bisabuelo obedeció, y a la primera pausa en el trabajo fue a comprar la cerveza. Don Tomás hizo unas señales extrañas con los dedos sobre la botella y murmuró palabras ininteligibles, y luego dijo:

-Al terminar el día, usted se va a tomar toda la botella magnetizada. Camino a su casa empezará a sentir hambre.

Y tanta será el hambre que no resistirá y se meterá en la primera fonda que encuentre. Y comerá como hace años que no come.

Tal vez lo que el viejo llamaba magnetización de la cerveza no era más que una técnica casera de hipnotismo. Concluido el trabajo, Manuel bebió la cerveza bajo la atenta mirada de don Tomás y se despidió. No anduvo dos cuadras de camino cuando el estómago empezó a rugirle y un apetito repentino y salvaje lo poseyó. Se metió en la primera fonda, como le fuera anunciado, y pidió unas viandas y se las despachó, y luego repitió el pedido dos veces. Esa tarde no tuvo fiebre y por la noche no sudó ni se despertó y pudo dormir como un bendito.

Al día siguiente, en el taller, don Tomás lo felicitó por seguir su consejo y le dijo:

-Le daré otra ayuda, mucho mayor. Pero le advierto una vez más que debe hacer lo que le diga o no llegaremos a ninguna parte.

-Lo escucho, don Tomás.

-Esta noche, cuando den las nueve, usted, esté donde esté, tiene que poner todos sus pensamientos en mí, sin ninguna distracción. En ese momento yo estaré en mi cuarto invocando el espíritu de un ilustre médico y cirujano, un gran vidente que siempre me ayuda a curar. Preciso que usted esté muy atento y haga lo que le digo para establecer la conexión espiritual. Entonces sabremos cuáles son los pasos a seguir y el comienzo de la curación. Esto debe permanecer secreto. No puede hablarlo con nadie, ni siquiera con su esposa, o se perjudica la conexión. No me vaya a traicionar o no cuente más conmigo.

Mi bisabuelo asintió con gran convicción. Pero luego recordó que esa noche, a esa hora, debía ir a visitar a su mujer. Decidió verla un poco más temprano para retirarse antes y poder cumplir con las instrucciones.

Charlaban animadamente con Pilar en su habitación del palacete Pons cuando Manuel consultó el reloj una, otra y otra vez en el curso de pocos minutos, despertando la suspicacia de su esposa:

-¿Quién te espera cuando te vayas de aquí?

Asediado por la requisitoria de los celos, terminó confesando el secreto. Pilar, arrepentida, le dijo que no debía haber contado nada, pues acababa de romper su promesa, y eso nunca debe hacerse cuando se trata de negocios sobrenaturales.

-¿Y qué quieres, tú, con tus celos?- refunfuñó él.

Al otro día llegó al taller y saludó con cierta culpa a don Tomás, pero éste lo ignoró.

-¿Por qué no me habla?"

-Con puercos no hablo. Un puerco y no un hombre falta a su palabra. Usted a las ocho y media miró el reloj, a las nueve menos cuarto miró el reloj, nueve menos diez miró el reloj y tres minutos más tarde estaba cantándole todo a su mujer como un pajarito.

En vano trató mi bisabuelo de justificarse y pedir disculpas. No lo sorprendió, a estas alturas, que don Tomás supiera con exactitud cada cosa que había hecho, pero le preocupaba haber malogrado el vínculo fantasmal invocado en su auxilio.

Tras mucho rogar, don Tomás accedió a revelarle los frutos de su última invocación al ánima del misterioso médico del otro mundo: si mi bisabuelo permanecía en Cuba moriría sin remedio, el clima lo perjudicaba, su estado era grave.

-¿Tiene adónde ir?

-Tengo mi hermano mayor que me ofrece un trabajo en Buenos Aires. Pero no hay dinero para que viajemos hasta allí.

-Viaje usted solo.

-¿Y dejar a mi mujer?

-Allá podrá ahorrar para comprar más pasajes y llevarla también a ella y a su hijo después de un tiempo.

También le hizo una revelación urgente relativa a la

vida del pequeño Camilo:

-El convocado me ha dicho que su hijo también está en peligro. Lo cuida gente dada a las brujerías. Usan al niño para cosas malvadas y no lo alimentan bien. No le dan leche verdadera sino leche vegetal, que lo debilita y lo está matando poco a poco. ¡Vaya hoy mismo y sáquelo de allí o no lo volverá a ver con vida!

Hacía ya más de dos semanas que mi bisabuelo no iba a visitar a su hijo. Esta vez sí hizo caso a don Tomás, o al espíritu auxiliar, según se prefiera, y se presentó de improviso en la choza, con gran sorpresa de sus moradores.

Camilo, efectivamente, había desmejorado a ojos vistas, estaba pálido y arrugado y gimoteaba débilmente. Parecía no tener fuerzas ni para llorar. Su carita tenía un alarmante color de ceniza, y sus labios estaban marchitos y resecos.

Mi bisabuelo se lo llevó sin mayores explicaciones y sin atender a las protestas serviles de los guardadores.

Lo tuvo con él un par de días, cuidándolo con la ayuda de una vecina, hasta que logró ubicarlo con otra nodriza.

Al cabo de un mes, el bebé ya estaba rozagante, con las mejillas sonrosadas.

Así fue cómo se salvó de una temprana muerte.

Y así, lleno de recuperada vivacidad, lo vio Manuel, la mañana en que subió la escalinata del buque con destino a Buenos Aires. Su propia salud había desmejorado, y no tenía más remedio que seguir la recomendación de su compañero de trabajo e intentar aquel viaje desesperado a lo desconocido. Buscaría a su hermano, trabajaría como un burro, y en cuanto pudiera juntar el dinero, enviaría a su esposa y a su hijo los pasajes para volver a reunirse con ellos en esas ignotas latitudes.

Pilar despidió a su marido con el bebé Camilo en brazos.

Pasarían muchos años antes de que se volvieran a ver.

Al quedarse sola en Cuba, los días de mi bisabuela Pilar debieron ser difíciles, porque se hizo aficionada a la ginebra o al ron barato, al principio para relajarse y dormir, y luego a toda hora.

A mi abuelo no le gustaba hablar de estas cosas. Me costó muchas horas de conversación en su humilde cuartito poder arrancarle el fragmentario relato de estos hechos oscuros de su madre, que yo ya conocía a través de mi propia madre, pero no con detalle. Mi abuelo se explayaba con comodidad al hablar de toda su vida, menos cuando le dirigía alguna pregunta precisa sobre sus padres, o sobre su infancia antes de los once años, edad en que escapó para siempre del hogar.

En La Habana, mi abuelo siguió al cuidado de una nodriza hasta que Pilar terminó de amamantar al hijo del patrón, y entonces se le permitió llevarlo consigo e instalarse en una modestísima piecita de pensión. Ya era lo suficientemente crecido como para conservar algunos recuerdos del tiempo pasado junto a su mamá.

Era frecuente que mi bisabuela cayera en estado de postración por el alcohol cuando terminaba su jornada de trabajo. Al ser tan joven, ello no se notaba aún en su cuerpo, pero con los años iría tomando el aspecto desordenado y ruinoso y el carácter mezquino con que la conoció mi madre.

Entre los recuerdos cubanos más remotos de Camilo, figura el haber despertado más de una vez, por las noches, para espiar desde la puerta a Pilar y a tres amigas, dos de ellas mulatas o negras, practicando rituales espiritistas en la habitación vecina. Aquellas invocaciones debían hacerse con sumo cuidado, pues habían motivado las protestas de otros inquilinos y el llamado de atención del propietario. Pero sus efectos duraban, y Pilar caía en trance, y muchas veces Camilo despertaba en su lecho y la veía tirada en el suelo con los ojos en blanco y conversando con espíritus que solían visitarla en horas de la noche.

Manuel, entretanto, había conseguido establecerse en Buenos Aires, tal como le había prometido su hermano mayor, y era muy valorado en su oficio. Llegó a trabajar en los detalles finos de hermoso mobiliario para ricachones y de puertas, ventanas y revestimientos para edificios públicos. Mi abuelo me ha contado que trabajó en aberturas y muebles para el Congreso Nacional. Si bien el edificio del Congreso fue inaugurado en 1906, lo cierto es que no se terminó entonces y los trabajos continuaron a lo largo de una década más, con costos enormes y corrupción de contratistas y funcionarios incluida. Cuando visito el Congreso y admiro los fastuosos detalles en madera de su decoración, me gusta imaginarme que alguna de aquellas magníficas piezas ha surgido de las manos encallecidas de mi bisabuelo. Tal vez sea yo, hoy, la única persona que recuerda su existencia en el mundo, pero el fruto de sus manos sigue allí, sobreviviéndolo.

Se puede pensar que un artesano tan experto ganaría muy buen dinero, pero no es así. Abundaban en esa época los inmigrantes italianos y españoles, con grandes conocimientos en las artes de la construcción y la decoración, y por ello mismo no eran remunerados como se merecían. Quienes se llevaban la tajada de las obras públicas y privadas no eran los trabajadores recién llegados al país, desesperados por ganarse el sustento.

Sea como fuere, logró reunir los pesos suficientes como para pagar al fin los pasajes de su mujer e hijo, aun cuando costó que Pilar se decidiese a viajar.

Mi abuelo tenía más de cuatro años cuando arribó a Buenos Aires. Durante todo el viaje no hizo más que preguntar por su padre. Al llegar al puerto y descender por la explanada del buque con el niño en brazos, Pilar se asustó por la multitud de desconocidos que aguardaban a sus familias. En aquellos tiempos era muy común que los recién llegados e incautos cayeran en manos de los peores estafadores y tratantes de personas. Los matrimonios por poder, entre desconocidos, que solían celebrar muchos inmigrantes residentes en el país con mujeres de sus tierras natales que querían emigrar para huir de la miseria europea, contactadas a través de familiares por correo, con intercambio de fotografías, concluían muchas veces en una espantosa esclavitud, cuando los proxenetas se hacían pasar por el marido o utilizaban este ardid para capturar jovencitas y llevarlas engañadas a los prostíbulos. En los anales judiciales de la época también era frecuente que algunos hombres se dedicaran a usurpar la identidad del marido desconocido y poder así tener una luna de miel gratuita con una bella joven recién casada: hay muchas denuncias de este tipo de fraude o violación que hoy nos parecen increíbles o descabelladas, pero ocurrieron, y con mayor frecuencia que la imaginable.

Así que Pilar, temerosa, aguardó sin poder divisar a su marido. Por un instante dejó a Camilo en el suelo. El niño se separó de ella y echó a correr, perdiéndose entre la multitud, antes de que pudiera detenerlo.

Cuando mi bisabuelo partió de La Habana, Camilo era muy bebé como para conservar el menor recuerdo. Pilar tenía, desde luego, una fotografía de su marido, pero era añosa y lo mostraba muy joven y diferente. Además, en el muelle había muchísima gente desconocida que hacía difícil para un niño encontrar a alguien. No hay explicación racional para el hecho de que Camilo se internase corriendo en la multitud y fuese derecho y sin vacilación hacia donde estaba su padre. Camilo se detuvo frente a Manuel y lo miró fijamente y en silencio. Cuando llegó Pilar, corriendo sin aliento, se quedó muy sorprendida, pero luego comprendió que era otra manifestación del don.

Manuel recibió a su mujer e hijo con lógica emoción, pese a su rudeza, pero se abstuvo de comentar, por el momento, la novedad que había ocurrido.

En su trabajo acababan de despedirlo.

De manera que los primeros tiempos de Pilar y su hijo Camilo en Buenos Aires fueron peores incluso que los peores tiempos en La Habana. Camilo me contó que debieron alojarse en un cuartucho de un conventillo miserable, en donde, durante el día, ella ganaba unos centavos curtiendo cuero en ese mismo antro, en recipientes caseros y entre irrespirables emanaciones de lejía, alumbre y otros químicos.

Después de un tiempo, mi bisabuelo consiguió que su hermano le prestara una pequeña porción del lote que había adquirido para edificar su casa, en Barracas al Sud, actual partido de Lanús. Era una zona aún poco poblada, semi rural. Pasarían muchos años antes de que Lanús se convirtiera en ciudad: prácticamente se fueron a vivir al campo. Había que caminar muchas cuadras a campo traviesa, o por calles de barro, desde la estación de trenes o desde la última parada del tranvía. Allí, en terreno prestado, construyeron su primera vivienda precaria, de madera y chapa. Al menos no tenían que pagar alquiler.

Cuando escucho los comentarios racistas de medio pelo contra la gente que vive en villas y casas precarias, pienso que los comentaristas serán hijos de ricos. Mis abuelos maternos provenían, uno, de una casilla de chapa en Lanús, y la otra, de un conventillo mugriento en la Boca.

En Lanús la afición de mi bisabuela a la bebida se vio incrementada a impulsos de la miseria y los malos tratos. Vivían de prestado, y la familia del cuñado no perdía oportunidad de patentizarles su desprecio, a ella y especialmente a Camilo, "el negrito", el bastardito. La insolencia con que los mortificaban se desplegaba cuando mi bisabuelo estaba ausente por razones de trabajo. Al regresar por las noches, Pilar le decía:

-Tu hermano me insultó, la mujer de tu hermano me tiró al barro la ropa lavada, los hijos de tu hermano le pegaron a Camilito, le pegan todos los días cuando no estás.

Pero mi bisabuelo no creía nada de esto, y ella se refugiaba en el alcohol. Él se consideraba en deuda con su hermano, dispuesto a admitir las acusaciones y reproches más absurdos contra Pilar y Camilo. En vez de defender a su mujer y a su hijo, les pegaba todas las veces que su hermano quería acusarlos.

Otro motivo de disensión eran las prácticas espiritistas de Pilar. Frecuentemente hacía sesiones en su casilla. Camilo sabía que cuando su madre estaba en trance no debía acercarse; conservaba distancia prudencial, y a veces oía desde el patio las voces guturales que profería su madre, poseída por los espíritus, y otras veces veía salir por la puerta, como arrojadas por fuerzas espectrales, algunas piezas del modesto mobiliario. Estas escenas motivaban nuevos y airados reclamos a mi bisabuelo y sobrevenían nuevas palizas. Así fue la infancia de Camilo.

Al cabo de un tiempo Manuel se decidió a mudarse a otro lote cercano que había conseguido barato. Ello se debió, por un lado, a algunos ahorros que había podido hacer con la ebanistería, y por otro a la comprobación de la maldad de sus parientes. Uno de sus más insolentes sobrinos no se contentó con mortificar a Camilo; un día llegó al extremo de insultarlo al propio Manuel y escupirle la sopa que estaba tomando. Levantó al mocoso maleducado del pelo del cuello y del forro del culo y lo arrojó por encima del alambrado a un baldío vecino. Luego dijo a su hermano:

-Durante años le pegué a Camilo creyendo que lo que me decíais de él era verdad, y ahora veo que sóis vosotros los culpables; mi mujer tenía razón. Gracias por haberme prestado un pedazo de terreno, pero me voy, ya conseguí otro lote y no quiero saber nada más de vosotros.

Tarde se acordó. El daño estaba hecho; mi abuelo nunca pudo reponerse de todas las humillaciones y padecimientos que sufrió a manos de sus tíos y primos en aquella casilla de Lanús.

Pese a la mudanza, mi bisabuela siguió hundiéndose en la bebida. En los años siguientes, Manuel y Pilar engendraron otros hijos: Mercedes, a quien mi madre quiso mucho, y Manuel o Manolo, el más pequeño. Este tercer vástago estuvo marcado por la maldición familiar. A causa del alcohol, mi bisabuela dejó olvidado al bebé en su cuna, en el patio, al rayo del sol. Cuando ella despertó de la borrachera, el pobre Manolito estaba todo quemado, y, lo que es peor, sufrió una terrible inflamación cerebral de la que no se recuperó jamás, quedando mentalmente discapacitado. Yo lo recuerdo al pobre Manolo de cuando mi madre me llevaba de visita a casa de la tía Mercedes, quien se encargaba de cuidarlo en su casa. Manolito tenía la piel blanca y ojos azules; cuando lo conocí ya sus cabellos eran grises, pero seguía siendo como un niño que todavía no aprendió a hablar; se comunicaba gesticulando y tenía mucho temor al fuego; si alguien encendía un cigarrillo, la chispa o el fósforo lo aterrorizaban; era inofensivo y dulce; si no lo hubieran dejado achicharrándose el cerebro bajo el sol habría sido una persona sana, ya que su discapacidad no era congénita.

Mi abuelo Camilo solía decirme:

-Yo pude haber sido el peor delincuente. No lo fui Dios sabe por qué. Habrá sido Su voluntad. Yo tenía todos los motivos para volverme más malo que el diablo.

Y creo que no exageraba. Fue a la escuela hasta segundo grado. Su despejada inteligencia le permitió aprender en dos años más que muchos en toda la primaria. Lo sacaron de las aulas para enviarlo a trabajar como canillita. Uno de esos canillitas en que se inspiró Florencio Sanchez para su legendaria pieza teatral. Recogía los diarios bien temprano de los talleres gráficos donde los imprimían e iba a repartirlos por las calles. Las calles enseñaban lecciones muy diferentes a las aulas: lecciones de crueldad, de indiferencia. Al fin de la jornada tomaba el tren en Constitución y volvía a Lanús, donde debía entregarle las monedas ganadas a mi bisabuelo Manuel. Si llegaba a perder dinero en el camino, venía la paliza y los cinturonazos.

Un día cometió un error. Se dejó llevar por la curiosidad y las bromas de los otros canillitas. Lo habían desafiado a ir a un cabaret de mala muerte para debutar, en el Bajo, en las cercanías del puerto. Tenía once años. Las prostitutas lo esquilmaron y se quedó sin dinero para llevar a su casa.

Al llegar a Constitución estaba abatido y desesperado pensando en la paliza que lo aguardaba. De casualidad encontró en el andén a un chico amigo, un pibe de la calle, un pequeño compañero de infortunios.

-¿Adónde vas, Pepe?

-Voy al campo, Camilo. Estoy trabajando en una estancia en Florencio Varela. Vine a visitar a mi mamá y ahora me vuelvo.

-¿Y qué hacés allí?

-Ayudo con los animales y con la huerta y con todo lo que me diga el mayordomo, es un hombre muy bueno y nos trata bien.

-¿Pero hay otros chicos?

-Somos varios, algunos sin padres.

Camilo meditó un momento. Luego se animó a preguntar:

-Y si voy con vos, ¿te parece que me darán trabajo?

Ese día subió al tren de Florencio Varela con su amigo Pepe y no regresó con sus padres nunca más. Ni siquiera les avisó adónde se había ido, ni se preocuparon por buscarlo.

De manera que Camilo se crió en la calle. Todo lo que aprendió lo aprendió en sus andanzas, o de gente que quiso enseñarle y lo tomó bajo su protección: el mayordomo del campo en Florencio Varela, los obreros gráficos del taller donde luego trabajó, los anarcosindicalistas, los payadores camperos. La natural e innata inteligencia de Camilo, aguzada por la necesidad, reveló talentos que, de haber sido educados convenientemente, lo habrían hecho destacar en muchas actividades. Tenía una caligrafía perfecta y hermosa y escribía sin faltas de ortografía, producto de las lecturas anarquistas, las bibliotecas populares y los periódicos. Se arreglaba bastante bien con el dibujo. Escribía poesía y coplas. Payaba de manera admirable, produciendo grandes improvisaciones con el acompañamiento de su guitarra, la cual tocaba decorosamente, como buen habitante de las pampas. También compuso muchas canciones y milongas, que pasaron a formar parte del acervo anónimo de la música popular, y cuya autoría nunca reivindicó: a veces aparecía en boca de otros cantores alguna milonga suya de protesta social, considerablemente alterada y reformada a causa de un largo periplo de boca en boca y de guitarra en guitarra a través de los fogones y las peñas. Siempre me sorprendió que un hombre casi sin escolaridad tuviera tantas habilidades y conocimientos.

En aquella estancia de Florencio Varela aprendió toda clase de labores campesinas. Vivió allí su pubertad y adolescencia, durmiendo en un galpón acondicionado como dormitorio, donde también se alojaban varios jóvenes. Resulta consolador pensar que había gente que se interesaba por muchachos de los que no se ocupaban ni las familias ni el Estado. Es cierto que no era por altruismo: los utilizaban para rudas tareas del campo; pero también es cierto que ese mayordomo de estancia, sin ser una persona cariñosa ni amable, fue para muchos de esos chicos desamparados lo más parecido a un padre. Una mano tendida a tiempo hace toda la diferencia entre un futuro hombre de bien y un delincuente juvenil, carne de presidio.

Mi abuelo tuvo más suerte que otros al poder escapar al delito, y lo ejemplificaba con la historia del ladrón compasivo, que solía relatar así, conforme lo tengo registrado con mi grabador:

"Eran tiempos tan duros que sólo los pechos endurecidos podían sobrevivir. Un corazón tierno era una desventaja. Yo, que crecí entre las palizas de mi padre y las borracheras de mi madre, me había endurecido bastante. Pero mi amigo Pedrito, Dios lo tenga en la gloria, tuvo una madre cariñosa que antes de morir lo hizo demasiado bueno para poder salir adelante en medio de tanta crueldad y miseria".

Al contar esta historia, Camilo ya era muy viejo y solía emocionarse y lagrimear detrás de sus lentes oscuros, como sucede con facilidad a los ancianos.

"Fue en aquella estancia de Varela que conocí a Pedrito. Tenía mi edad, pero parecía mucho más joven. Él también estaba refugiado allí tras la muerte de su madre. El mayordomo lo había tomado bajo su protección."

"Pedrito era el hazmerreir de los otros peones jóvenes. Más de una vez, el mayordomo había tenido que darle un rebencazo a algún peoncito abusivo que lo tomaba de punto.

"A la larga nos hicimos amigos, pese a ser tan diferentes. El muchacho, una vez, intentó salvar la vida de un ternerito, huérfano como él, al que había alimentado con mamadera, y que estaba condenado por el patrón a ser carneado y asado. Sus

inútiles esfuerzos y su llanto mientras se abrazaba al cuello del animal, dieron lugar a muchas burlas, pero yo, desde ese día, simpaticé con él."

Pasaron los años. Mi abuelo regresó a la ciudad y se convirtió en obrero gráfico. Participó de la Semana Trágica y conoció a los anarcosindicalistas, *"los hombres más buenos del mundo -según solía decir-, porque en medio de la miseria conservaban la esperanza y la solidaridad, y enseñaban a los jóvenes como yo un camino diferente a la delincuencia o el sometimiento".*

Pese a la influencia de los anarquistas, no dejaba de frecuentar los bajos fondos. Y una vez dio la casualidad de que encontró a Pedrito en un tugurio de mala muerte. Había crecido, era casi un hombre, y estaba en compañía de varios malandras. Uno de ellos -ladrón conspicuo- era su medio hermano, hijo del mismo padre. A Camilo le extrañó ver a Pedrito en tan malas juntas. Se encontraron dos o tres veces más. Camilo hizo averiguaciones para conseguirle algún trabajo decente, pero luego lo dejó de ver. Tiempo después supo lo que le había sucedido.

El medio hermano de Pedrito había planeado con dos secuaces un robo importante. Era a una mansión de Olivos, hogar de un personaje muy conocido y bien relacionado. Se sabía que cierta noche habría allí una suma considerable de dinero, además de los efectos y joyas habituales. Estaba todo bien organizado, y sería rápido y limpio, porque eran gente muy profesional. Tal vez porque lo necesitaba, o para iniciar a Pedrito en la profesión, lo llevó consigo como campana. Sólo debía quedarse a bordo del automóvil mientras robaban y alertar en caso de peligro.

El robo se llevó a cabo sin inconvenientes. Los tres asaltantes tomaron la casa y redujeron al dueño, a su esposa y a la servidumbre con rapidez. Al hombre lo maniataron y a las mujeres las encerraron en el baño. Sin encender las luces, arrojaron el dinero, joyas y platería sobre la cama matrimonial y los envolvieron con el acolchado. Luego se dieron a la fuga cargando el bulto hasta el automóvil, donde Pedrito esperaba con el motor encendido. Cuando llegaron, Pedrito se pasó al asiento trasero cediendo el volante, ya que no manejaba bien.

-Hacé un lugar- le dijo su medio hermano mientras arrojaba el voluminoso bulto junto a él. Los otros dos malandras subieron atrás y adelante, y el medio hermano de Pedrito se dispuso a emprender la marcha, cuando éste le dijo:

-Pará, no arranques, acá hay algo vivo.

El bulto se movía. Al desanudarlo, comprobaron que, por inadvertencia, habían cargado a un bebé dormido en la cama de sus padres. Medio sofocado, el bebé empezó a llorar.

-Dejalo junto a la zanja- dijo a Pedrito su hermano.

-¿Y si no lo encuentran? ¿Si se muere de frío?

-Vos dejalo ahi, carajo. Ya lo van a encontrar.

Pedrito bajó del auto con el bebé, pero en vez de obedecer, dijo "ya vengo" y corrió hasta la puerta de la casa del robo. Al pie de los escalones que daban al portón de entrada, depositó en el piso al niño envuelto en una sábana. Y no fue sino hasta que se incorporó que pudo advertir la silueta del dueño de casa, ya liberado, que avanzaba por el jardín con una escopeta.

Sonó un disparo, hubo un fogonazo. Pedrito cayó muerto sobre la vereda, junto al bebé. Su medio hermano, estupefacto, a duras penas atinó a arrancar el automóvil y huir. Al día siguiente los diarios de Buenos Aires informaron que en la casa de un destacado vecino de Olivos se había producido un asalto, y que el dueño, valientemente, había logrado impedir el secuestro de su hijo matando a uno de los delincuentes.

Camilo se secó una lágrima al concluir esta vieja historia, tantas veces relatada.

"¡Pobre Pedrito! -murmuró-. Quiso proteger al bebé, igual que al ternerito. Era demasiado bueno para sobrevivir. La bondad es un lujo que sólo pueden darse quienes tienen el pan

asegurado. Que Dios se apiade de nosotros."

Tras su paso por la estancia, Camilo sintió añoranza de la ciudad y regresó. Consiguió que lo tomaran en una imprenta y pronto se convirtió en obrero gráfico y afiliado a la Federación Obrera Regional Argentina, en la cual los anarquistas se encargaron de su formación política y sindical.

Uno de los hechos más formativos que le tocó vivir fue la Semana Trágica, que había comenzado como una simple huelga en los talleres metalúrgicos Vassena, en Buenos Aires, pero que, a causa de la torpeza de la patronal y del gobierno radical de entonces, se desmadró de una manera inconcebible. La sombra de la Revolución Rusa, que había tenido lugar dos años antes, el terror al comunismo, el miedo y el odio a los extranjeros que conformaban la gran masa de obreros sindicalizados, la ideología nacionalista fanática de buena parte del conservadurismo vernáculo, que encontró en Manuel Carlés –líder de la Liga Patriótica- un condigno representante, la actuación de grupos de choque nacionalistas y antiobreros integrados por militantes de origen oligárquico que comenzaron a operar como bandas parapoliciales, la mentalidad de un Ejército formado bajo concepciones prusianas, y sobre todo una Policía que llevaba el sello ideológico de Ramón Falcón –el jefe policial ejecutado por un atentado anarquista una década antes-, hicieron que se propagara una paranoia demencial entre las elites y los medios contra los huelguistas. La aparición de rompehuelgas indignó a los obreros; comenzaron los enfrentamientos; cayeron los primeros muertos bajo balas policiales; las marchas multitudinarias a la Chacarita, llevando a su última morada los cuerpos de los compañeros abatidos, se convirtieron en emboscadas; la policía abrió fuego sobre civiles desarmados; un verdadero desastre.

Mi abuelo era un joven sin experiencia cuando ayudó a levantar barricadas en las calles removiendo y apilando adoquines y arrojando muebles viejos a improvisadas hogueras; participó de la quema de varios automóviles e hizo frente a las patotas policiales y parapoliciales que asolaban los inquilinatos de los trabajadores. Siempre me refirió que fueron los Bomberos de la Policía Federal los más activos en la represión: ingresaban a los conventillos y destruían viviendas y molían a golpes a los habitantes, hombres mujeres y niños. Nunca se había visto en Buenos Aires un enfrentamiento parecido. Durante una semana pareció que se asistía a una guerra civil. Allí aprendió mi abuelo Camilo la importancia de la lucha obrera y de la organización sindical; allí aprendió también la perfidia de las denominadas "fuerzas del orden", cuya única finalidad era castigar y reprimir a los trabajadores para mantenerlos dócilmente sometidos a la esclavitud asalariada.

Nunca escuché de boca de mi abuelo sino palabras del más alto elogio hacia la valentía, integridad, formación ideológica, solidaridad y honestidad de los anarcosindicalistas. Toda su vida, hasta la vejez, se reivindicó como uno de ellos. Fue siempre un obrero combativo y con conciencia de clase. Su combatividad le jugaba a veces malas pasadas y lo convertía en "contrera", perenne opositor, como le ocurrió bajo el peronismo, pasando de peronista de primera hora a desencantado y perseguido. Nunca, como viejo anarco, quiso aceptar que los sindicatos se aliaran o sometieran a la autoridad del Estado; nunca pudo admitir que el sindicalismo se uniera a la política partidaria o gubernamental. Para él, la esencia del sindicalismo era la rebeldía: concepción típicamente anarquista. Luego de apoyar fervorosamente a Perón, se distanció de él porque había "partidizado a los sindicatos" y porque, antes de Perón, los registros de afiliados estaban en manos de los sindicalistas, quienes los quemaban o destruían si la policía allanaba los sindicatos, escapando por los techos para evitar que esa información cayera en manos del Estado; luego de la llegada de Perón, se exigía que los sindicatos hicieran sus fichas por triplicado, una para la organización sindical, otra para la Secretaría de Trabajo y Previsión y otra para la Policía. Esto, para Camilo -que no podía desprenderse de la visión anarquista y la desconfianza hacia el Estado-, era una suerte de traición. En una oportunidad, en los años sesenta, siendo Secretario General de Líneas Particulares de la U.T.A. –gremio del que había sido fundador-, fue tentado para un cargo político por el gobernador bonaerense Oscar Allende, que quería postularse a Presidente. Camilo le respondió:

-El sindicalista no debe meterse en política. Además, no voto. Soy cubano. Nunca me he naturalizado. No puedo ser candidato a nada, aunque quisiera.

Volviendo a 1919, aquellos eran también los años del clamoroso surgimiento del tango. Mi abuelo, ya joven, recorría las milongas y se convirtió en un excelente bailarín. En una milonga abacanada conoció una vez a una hermosa joven con la que formó pareja durante toda la velada; ella lo comprometió, con insinuantes modos, a concurrir a su casa para ayudarla a mejorar su estilo tanguero. El tango había salido ya de los prostíbulos y triunfaba en París, lo cual lo hacía respetable en los palacetes de la oligarquía y en las casas burguesas. La mujer partió de la milonga en un auto con chófer. Días después Camilo se presentó con sus mejores pilchas en su departamento de Barrio Norte.

Mi abuelo cultivaba una atildada y empeñosa elegancia. No teniendo dinero para adquirir las mejores ropas, suplía la falta con una prolijidad obsesiva en el vestir. Salía siempre de punta en blanco, perfectamente limpio y aseado, con los zapatos relucientes. La blancura inmaculada de sus cuellos y la negrura de sus zapatos destellantes corrían a la par; en la vía pública se encasquetaba gorras de buena factura adquiridas en el local del Lagomarsino, luego ministro de Perón; también lucía hermosos ponchos de alpaca al estilo Alfredo Palacios; hasta su vejez más remota no lo he visto jamás salir a la calle sino vestido como un señorito. Hubo épocas en que pasó miserias terribles, pero en su juventud, cuando podía comprarse ropas pasables gracias a su trabajo en la industria gráfica, vestía bien, para disimular su pobreza y hacer menos perceptible la oscuridad de su piel.

Concurrió, pues, así empilchado, a la casa de la joven que creía haber conquistado. Lo hicieron pasar a un departamento confortable y bien amueblado. La muchacha puso discos y comenzaron a bailar. Fue entonces que de una habitación salió un señor mayor de inocultable aspecto militar y que resultaría ser un coronel retirado del Ejército Argentino. Mi abuelo creyó que sería el padre de la joven, pero ella, sonriendo con naturalidad, dijo:

-Le presento a mi marido.

A partir de aquel momento Camilo concurrió frecuentemente a la casa del dispar matrimonio a bailar tango con la joven esposa bajo la mirada del complaciente anciano, que no puso ningún reparo para que se convirtieran en amantes. En "El túnel", de Sábato, leí de un triángulo semejante, aunque de trágico final. La aventutra de mi abuelo, en cambio, terminó apaciblemente, cuando el coronel murió y la joven tomó otros rumbos. Él, para entonces, empezaba a enamorarse de otra muchacha, esta vez de su clase y su vecindario.

Antes de adentrarnos en la historia de amor y desamor de mis abuelos Camilo y Concepción, es preciso que regresemos a los fenómenos paranormales y las vicisitudes de mis bisabuelos.

Al volver del campo, Camilo enfermó gravemente. Como no estaba en contacto con su familia, no había nadie para cuidarlo, pero gracias a un compañero de trabajo pudo contactar a una de sus primas, una de las pocas familiares que no lo había atormentado de niño y que le tenía simpatía y tal vez algo de compasión. Esta enfermedad pondría a Camilo en contacto nuevamente con lo sobrenatural.

Sucedió que, como Camilo empeoraba y se retorcía de fiebre ante lo que parecía ser una pulmonía, sin que los médicos acertaran a curarlo, la prima decidió llevarlo de la Hermana Paca: una mentalista y curandera de enorme fama. Era la mentalista más consultada por el Presidente Hipólito Yrigoyen, que, como es sabido, adhería fervorosametne al espiritismo y protegía a los manosantas. Su celebridad era tal que había que ir a su establecimiento a muy temprana hora y hacer larguísimas colas aguardando el turno. El consultorio era un largo galpón que en otros tiempos había sido un taller; la Hermana Paca atendía en un cuarto al fondo; los pacientes aguardaban en hileras de bancos contra la pared; los asistentes de la Hermana Paca vigilaban el orden. Mi abuelo se sentó junto a su prima en un banco al final, pues era de los últimos. En determinado momento la Hermana Paca se asomó y echó un vistazo: era una mujer gordísima, con los rollizos brazos desnudos y cubiertos desde el hombro hasta la muñeca por infinidad de pulseras, y los dedos cargados de anillos; vestía una larga túnica que colgaba de sus senos como una carpa en las caravanas del desierto. Vio a mi abuelo acurrucado allá a lo lejos y murmuró algo al oído de uno de sus asistentes. Éste se acercó a Camilo y le dijo que la Hermana Paca lo llamaba; lo hicieron pasar primero, pese a las protestas de los otros pacientes, con el argumento de que "este muchacho es más urgente".

En su pintoresco consultorio abarrotado de santos, velas y órganos humanos de metal que testimoniaban el agradecimiento de pacientes curados del riñón o el hígado, y muletas colgadas de la pared de paralíticos que habían vuelto a caminar, la Hermana Paca dijo a mi abuelo, con su acento reo:

-Pibe, te hice pasar por dos cosas. Primero para curarte, porque si no te curo rápido vas a estirar la pata, ¿entendés? Y segundo para decirte que tenés el don y no lo estás ejerciendo. Vayamos a lo primero. Señorita: -dijo a la prima de Camilo-, cuando salga de acá, vaya inmediatamente a la Farmacia Franco Inglesa, de parte mía. Si le piden receta, diga que la envío yo. Ellos me conocen y saben que nunca me equivoco. Pídales un frasco de Solución Patolvech para los pulmones. Eso es lo que tiene que tomar este joven: una cucharadita cada ocho horas hasta terminar el frasco, que es grande. Le van a decir que no tienen en existencia porque no se ha importado más a causa de la guerra. Pero dígales que hay un frasco caído en el último estante de la derecha, arriba de todo. Y en cuanto a vos, pibe, -añadió- ¿nunca te dijeron nada de tu aura? ¿Naciste con el velo de la Virgen? ¿Nunca te dijo nada tu madre acerca de eso? Ah, me parecía. Apenas te vi, noté tu aura. Ese es un don que te dio Dios para que ayudes a la gente, como me lo dio a mí. Pero tenés que desarrollarlo o se te volverá en contra.

La prima de Camilo fue a la Franco Inglesa y le dijeron que no había en existencia ese medicamento, pero al aclarar que la mandaba la Hermana Paca accedieron a buscar al fondo del estante superior, donde encontraron, como ella había predicho, la poción milagrosa que sanó a mi abuelo.

Camilo tuvo dificultades para seguir el consejo de la Hermana Paca de desarrollar su don. *"Me daba miedo –solía explicar-. Me daba miedo saber que alguien iba a morir. Porque siempre yo sabía cuándo alguien moriría. Me daban miedo las premoniciones y los espíritus. Más de una vez me dijeron personas desconocidas en la calle: desarrolle su don, hermano. Una vez una gitana subió al micro que yo manejaba y me dijo lo mismo: si no desarrollás tu don, vas a sufrir mucho. Yo intenté desarrollarlo, fui a la Escuela Científica Basilio, invoqué espíritus, hice escritura automática hasta que caía desmayado al suelo, con espuma en la boca, pero en mis hojas de escritura aparecían garabatos siniestros y palabras incomprensibles, dictadas desde el más allá. Hasta que mi mujer me prohibió continuar adelante por lo mal que me ponía. A pesar de eso, hice curaciones y exorcismos y tuve visiones terribles, que nunca sirvieron para nada, porque la muerte no se puede evitar, el destino no puede modificarse. Nunca supe cómo manejar mi don. Siempre fue para mí, más que un don, una maldición y un sufrimiento, porque las únicas visiones que he tenido fueron de desgracias y de muertes."*

Para no dejar cabos sueltos, referiré ahora lo que fue de mis bisabuelos. Camilo nunca volvió a tener trato con los primos que tanto lo habían mortificado, ni con los tíos; tampoco pudo restablecerlo con su padre Manuel, al menos en vida; ya veremos que sí lo restableció en el más allá.

Las relaciones estuvieron largo tiempo cortadas. Un día Camilo, habiéndose afincado en Uruguay junto a su joven esposa para huir de la Justicia a causa de un crimen, se enteró, por una carta familiar, que el viejo Manuel, el de la mano pesada, se había embarcado en un buque con destino a España, para cobrar una herencia. Como el barco pasaba a recoger pasajeros por Montevideo, Camilo se acercó al puerto, pues tenía el presentimiento de que no volvería a ver a su padre. Se hizo anunciar, pero el viejo Manuel, obstinado hasta el final, se negó a recibirlo. Camilo volvió cabizbajo a la casita que estaba construyendo junto a su esposa.

Pasaron unos meses. Una noche ocurrió algo escalofriante que mi abuela Concepción solía relatar, aunque ella no creía en espíritus. La casita de mis abuelos quedaba en las afueras de Montevideo, en un arrabal ignoto y despoblado que más tarde se valorizaría extraordinariamente y se haría conocido como el barrio de Pocitos, pero que entonces era un conjunto de baldíos incultos. Estaba la pareja acostada en su cama, disponiéndose a dormir, cuando Camilo se incorporó con sobresalto.

-Mi papá – dijo- ¿Lo oíste? Está llamando mi papá.

-No oí nada. Lo imaginaste. Tu padre está a diez mil kilómetros. Además, si hubiera vuelto ¿cómo iba a encontrar tu casa?

-Te digo que lo oí. ¡Ahí está de nuevo!

Saltó de la cama. Era invierno, hacía frío y soplaba un viento fuerte. En vano mi abuela quiso convencerlo de que nadie llamaba. Él insistió, enojado:

-¿Cómo que no lo oís? Acaba de llamar por tercera vez. Camilo, Camilo, Camilo. Llama desde el fondo.

Se dirigió a la puerta de atrás. La abrió y salió con ojos desorbitados a la oscuridad. El viento arreciaba y las copas de unos eucaliptos que crecían a unos cien metros se sacudían dramáticamente. Camilo decía que la voz de su padre provenía de aquel bosque. Pese a los ruegos de su mujer, salió a buscarlo con un farol. No encontró a nadie.

Pasaron varias semanas. Un día Camilo se sintió de muy malhumor y pasó la mañana peleando con sus compañeros de trabajo por los motivos más fútiles. Al volver al mediodía a su casa, dijo a boca de jarro a su mujer:

-Dame la carta.

Fue en vano que mi abuela negara haber recibido una carta para él. Camilo se ponía cada vez más enojado. Al fin ella admitió:

-Bueno, sí, no sé cómo sabés, pero sí llegó una carta. Te la pensaba dar después del almuerzo para que comieras tranquilo. Trae malas noticias de España. Tu padre falleció.

De más está decir que el fallecimiento había ocurrido el mismo día en que Camilo oyó los llamados de su padre. Como veinte años después un familiar de España vino a la Argentina y mi abuelo tuvo oportunidad de preguntarle por la muerte de su padre Manuel. El pariente le dijo que había muerto envenenado. Lo habían matado para impedirle cobrar su parte de la herencia. Las autoridades nunca investigaron porque vino la guerra civil y de nada servía ocuparse de un envenenado habiendo un millón de muertos.

-¿Y cómo murió?- quiso saber Camilo.

-Arrepentido. Arrepentido de sus malos tratos hacia ti. Lo único que quería era pedirte perdón. Yo estuve a su lado junto al lecho cuando trató de levantarse, ya sin fuerzas, y gritó tres veces: Camilo, Camilo, Camilo, y luego dio el último suspiro.

Mi bisabuela Pilar también cobró una herencia, pero no murió asesinada, sino que se fue a Cuba, donde la dilapidó en orgías y en alcohol. Regresó sin un peso a Buenos Aires y mis abuelos compartieron vivienda con ella cuando volvieron del Uruguay. Fueron sólo unos meses, pero suficientes para que mi abuela Concepción casi perdiera la cabeza a causa de sus malos tratos y desprecios. Fue tanto lo que debió soportar Concepción que me contaba mi tío Horacio que en esa época hubo días en que ella misma bebía, presa de la desesperación. Un día Concepción dijo a Camilo:

-O nos mudamos o mato a tu madre. Porque ya no puedo más.

Se mudaron pese a no tener dinero. Pilar vivió todavía varios años más molestando a medio mundo, y finalmente falleció.

Pero ¿quién era esa Concepción que se casó con Camilo?

CAPITULO 3: LAS PENURIAS DE CONCEPCIÓN

Aunque el tango interpelaba a un bacán de "sentimiento adormecido", y no a un joven proletario y anarquista, algunos de sus versos podrían servir de ilustración para lo que voy a contar:

> *"Decime,*
> *Si conocés la armonía,*
> *La dulce policromía*
> *De una tarde de arrabal,*
> *cuando van las fabriqueras,*
> *tentadoras y diqueras,*
> *bajo el sonoro percal."*

Mi abuelo Camilo, un día que tenía tiempo, siguió a una jovencita de Lanús hasta su trabajo y vio que entraba a la fábrica de Medias Paris, en Barracas. Averiguó la hora de salida, regresó más tarde y se quedó a esperar. Apoyado contra la pared de la fábrica, como un compadrito, pudo ver la escena que describe el tango: la sinfonía de colores del cielo arrabalero, que todavía tenía esa amplitud incomensurable de los cielos de la pampa; y al terminar el turno laboral, los grupos de "fabriqueras", lindas siluetas bajo los toscos vestidos proletarios, coquetas y alegres a pesar de la pobreza, alejándose hacia las paradas de colectivos y tranvías, entre bromas y risas propias de esa alegría juvenil, superior a las pobrezas, que es una bendición de Dios. Allí estaba la jovencita, acompañada por una amiga. Se les arrimó en tren de conquista.

La obrera festejada era mi abuela. Se llamaba Concepción Blanco y era dos años mayor que él. Había nacido en Buenos Aires en 1901; sus padres eran inmigrantes españoles que se radicaron en la Boca (de donde venía el amor de mi abuela por el club "xeneize") y más tarde se mudaron a las afueras de Lanús. De ellos sólo sé que su progenitor se llamaba don Pedro Blanco y era un hombre de trabajo, menudo y delgado, de cabello rubio, piel y ojos claros; su madre, cuyo nombre he olvidado, estaba a la sazón muy enferma y en cama, y no tardaría en morir. Tenía dos hermanos, de los cuales sólo sabíamos hasta hace poco la existencia de Andrés; en singulares circunstancias, nos enteramos hace poco del otro hermano varón, fallecido, que había permanecido oculto por razones terribles, según se verá.

Se cuenta que mi abuela era muy hermosa. Tenía, como su padre, una piel blanca y finísima, un bello cutis que conservó sin arrugas hasta la vejez, y una linda figura. Sus ojos marrones eran pequeños, y ella hubiera querido tener labios más gruesos, pero era en conjunto muy atractiva, no sólo porque mi abuelo la hubiera perseguido sino porque tenía muchos pretendientes. Ella estaba enamorada de un joven que la cortejaba, pero su madre no lo quería y se había opuesto tenazmente a ese noviazgo por motivos que tampoco he podido averiguar. Una vez, bajando del tren en Constitución, ella se cruzó con un sacerdote, que al verla la tomó de la cara con ambas manos y le dio un beso en la boca delante de todos los transeúntes, diciendo:

-Tanta belleza glorifica al Señor. Que Dios te bendiga, hija mía.

Como bendición era un poco profana, podría haberla besado en la frente, pero sirva el testimonio del buen ver de mi abuela Concepción en su juventud.

Además de linda, debió haber sido muy resistente, ya que ostentaba el mérito enorme de haber sobrevivido a la gripe española, que la tuvo por tres meses al borde de la tumba.

El recuerdo que conservo de ella es el de sus últimos años, cuando superaba los setenta. Para entonces era una anciana jovial, de cara hermosa y risueña, de eterno buen humor, entrada en carnes por su afición a la buena comida que le complacía cocinar. En las reuniones familiares no se cansaba de ofrecer plato tras plato y no quería admitir que alguien se negara a repetir el estofado. Mientras ella vivió, toda la familia de mi madre permaneció unida, porque ella era la prenda de unidad entre sus vástagos: las reuniones aglutinaban a hijos, nueras y yernos, nietos de todas las edades, y ella era el secreto centro, pues, aunque casi no hablaba, todos estaban allí por ella. Fue después de su muerte que comenzaron las peleas familiares. Para entonces nadie le decía Concepción, salvo mi padre que la llamaba "doña Conce"; para todos era "la Nani" o "la abuela Nani", apodo que provenía del diminutivo "enanita" que le habían puesto sus hijos cuando crecieron, se volvieron altos y fornidos y ella quedó chiquitita y bajita en comparación. Como abuela, era tierna, dulce, paciente con los niños, siempre amable y sonriente, y guardaba cosas para malcriarnos, tales como nuestras galletitas preferidas, una botella de gaseosa o algún plato especialmente cocinado. Yo hice la primaria en la Escuela Número 8, que quedaba a media cuadra de su casa, y al salir al mediodía pasaba siempre a visitarla. Me aguardaba con las consabidas golosinas y con unos espectaculares bocadillos de acelga que yo adoraba: cuando tenía tiempo me quedaba a comerlos con ella, y si era tarde los ponía en los bolsillos del guardapolvo para despacharlos por el camino. Una vez me peleé con otro chico; en el fragor de la lucha, los bocadillos fueron aplastados, dejando una mancha de aceite en cada bolsillo. Mi madre se enojó, porque había dicho una y mil veces a mi abuela que no me diera cosas de comer, que después no quería almorzar en casa; pero la Nani no se resistía a malcriarme, lo cual me hacía muy feliz.

Todo esto ocurriría cuando ella ya era vieja y sabia y había aprendido a sobrellevar la vida con alegre dignidad y sin mala sangre. Pero su existencia no fue nada fácil: estuvo marcada por toda clase de miserias y sacrificios.

En los tiempos en que comenzó a salir con mi abuelo, no se trató al principio de algo serio, porque ella estaba enamorada de otro hombre al que no le permitían ver ni tratar. Cuando mi madre hablaba de este amor frustrado de Concepción, y de los sufrimientos que le ocasionó, de los que la había hecho confidente, se llenaban sus ojos de lágrimas, pues sabía que mi abuela no fue feliz en su matrimonio: se casó con un hombre al que no quería, forzada por las circunstancias. Su felicidad se la dieron sus hijos y la bondad de su carácter.

Eran tiempos difíciles para una mujer. Ellas no tenían derecho a nada. Casi no existían las profesionales, salvo contadas militantes políticas y feministas como Alicia Moreau o Julieta Lanzieri; las obreras no estaban bien remuneradas. Una hipócrita moral sexual hacía recaer sobre ellas, no sólo el peso de la crianza de los hijos, sino también toda la responsabilidad y la culpa por los frutos indeseados de "no haber sabido guardar la castidad y el honor", de haber dado el "mal paso", como la costurerita de los versos de Carriego.

La mejor amiga de mi abuela, la chica con la que salían juntas y risueñas de la fábrica de Medias Paris cuando mi abuelo la iba a cortejar, digamos que se llamaba Clarita, para no mentar su verdadero nombre, por motivos que se comprenderán.

Clarita estaba de novia con un muchacho también muy joven, apodado Tito. El noviazgo se mantuvo mucho tiempo en secreto, ya que el padre de la joven era un tano muy ignorante y autoritario que la vigilaba estrechamente y por quien Clarita y sus hermanos abrigaban verdadero terror, pues los tenía sometidos a un régimen de palizas, penitencias y malos tratos que en aquella época se consideraba "severidad", y no bestialidad, como lo llamaríamos ahora con mayor precisión.

Clarita era alegre, cariñosa y encantadora. Eran carne y uña con mi abuela; se lo contaban todo, o casi todo. Digo "casi" porque hubo una cosa que Clarita no reveló a su amiga hasta último momento.

Después de ocultar el noviazgo a su padre durante un tiempo, Clarita finalmente tomó coraje y se lo confesó, y además le dijo que deseaba casarse. El tano se indignó, la insultó y vapuleó durante un buen rato y se negó terminantemente a dar su consentimiento. Muchos fueron los cabildeos y tretas a que debió apelar la muchacha, ayudada por su madre y hermanos, para lograr convencer al obstinado viejo de recibir al novio. Pero la reunión no terminó bien porque el asustado joven no atinó a explicar cómo pensaba mantener la familia, ya que estaba sin trabajo y eran duros días de desocupación y miseria.

-Cuando tenga una ocupación honrada venga a hablar- fue, palabras más o menos, la respuesta del tano a su aspirante a yerno.

Pasaron los meses y al cabo Tito consiguió un trabajo

de mala muerte, pero trabajo al fin, y un cuartucho donde establecerse. La familia entera puso en acción una red de presiones para convencer al tano de prestar su consentimiento para la boda.

Se fijó fecha y todo el mundo se admiraba de la ansiedad y persistente amor de la joven pareja, desesperada por casarse.

El día de la boda mi abuela Concepción fue a ayudar a su amiga a prepararse, pero se sorprendió al ver que Clarita no quería a nadie en su cuarto. Incluso a ella le pidió que esperara en el pasillo. De pronto oyó unos quejidos ahogados y tocó a la puerta. Como la joven no contestaba, entró a la habitación. La encontró a Clarita de rodillas en el piso, sosteniéndose el vientre con ambas manos y retorciéndose del dolor.

-¡Clarita! ¿Qué te pasa? LLamemos al médico.

Pero Clarita se aterrorizó ante esa posibilidad. Le pidió que no llamara nadie y cerrara la puerta. Mientras la ayudaba a incorporarse y sentarse en la cama, mi abuela susurró:

-Estas embarazada.

Clarita se puso a llorar y a pedirle que la perdonara y que no le dijera nada a nadie.

Mi abuela la ayudó a liberarse rápidamente de la ropa.

Fue entonces que descubrió que su amiga tenía un corsé fuertemente apretado que sujetaba su abdomen, de manera tan cruel que las ballenas del corsé habían cubierto su piel de lastimaduras, algunas de ellas antiguas y ya cicatrizadas, otras en carne viva.

-Ay, Dios mío, Clarita, de cuántos meses estás- preguntó mi abuela, horrorizada.

-Más de ocho- alcanzó ella a murmurar.

No sin trabajo mi abuela logró desabrocharle el corsé. Jamás quiso decir a mi madre qué fue lo que vio en la panza de su amiga, pero debió haber sido algo tan horrendo que cada vez que lo recordaba se ponía a llorar, imaginando el sufrimiento de la joven.

Sin poder contenerse, ambas amigas se abrazaron y lloraron largo rato. Luego mi abuela le preguntó:

-¿Y Tito sabe?

-Claro. Es su hijo. Por eso estábamos tan apurados. Si mi papá se hubiera enterado, me echaba de casa. ¿Y adónde podíamos ir, si ni trabajo tenía Tito? ¡Ay, Concepción, no sabés lo que sufrimos! ¡Y él buscó, buscó trabajo, pero no había nada, nada!

Otra vez rompieron ambas a llorar su desdicha y su pobreza. Al fin Clarita logró vestirse para la boda. Antes de entrar a la iglesia, volvieron a abrazarse y rompieron en llanto una vez más. La gente comentaba:

-Cómo se quieren estas chicas.

Y al ver que mi abuela seguía llorando, le decían:

-Vamos, Conce, no llores más, sonreí que tu amiga se casa y va a ser muy feliz.

Pero ella no podía dejar de sollozar.

El bebé nació muerto dos días más tarde y se mantuvo en absoluto secreto. Clarita estuvo a punto de morirse. Se salvó de milagro, pero quedó arruinada y nunca pudo tener hijos.

A poco de comenzar a verse con mi abuelo Camilo, ella trató de cortar la relación, diciendo que ya no quería que la acompañara por las tardes a la salida de la fábrica. Camilo se enojó y dijo que ella estaba jugando con sus sentimientos. Brotaron en él todas las aflicciones del rechazo y el desamor, a las que sólo sabía responder con ira defensiva y con amenazas. Pero después encontró una inesperada oportunidad cuando supo que la mamá de Concepción, mi bisabuela, estaba muriendo. Padecía cáncer, y sus últimos meses fueron una larga y espantosa agonía. Mi abuelo se ofreció para cuidarla. Mi abuela, en su desesperación, aceptó. Fue así que Camilo se pasó días enteros asistiendo a la pobre mujer; compraba botellones de agua de colonia para echar por toda la casa a fin de paliar el mal olor de la enfermedad; la limpiaba e higienizaba; curaba sus escaras; la consolaba; compraba la morfina; aliviaba en parte sus dolores mediante la imposición de manos... En suma: cuando la mamá de Concepción finalmente falleció, no había muchas formas de rechazar la oferta de matrimonio de quien se había mostrado tan diligente en los peores momentos. "Se casó por gratitud", decía mi madre tristemente. Tan así debió ser que varios días después de la boda ella seguía tratando a su esposo de "usted"; fue necesario que Camilo la obligara a usar el voseo.

Al poco tiempo de la boda ocurrió un hecho que permaneció en el misterio durante décadas. Mis abuelos, sin causa aparente, se fueron a vivir al Uruguay. Camilo solía contar, sin aclarar la causa, que estaban vagando por la Boca con sólo unos pocos pesos en los bolsillos, al borde de la desesperación, cuando oyeron que se anunciaba la partida del Vapor de las Carreras. Usaron las últimas monedas en los pasajes y partieron a Montevideo.

Allí comenzarían su nueva vida.

¿Pero por qué esta salida tan precipitada?

Durante años creímos que era a causa de la falta de trabajo. Pero esto ocurrió en el año 1927 y no había comenzado aún la crisis ocasionada por la caída de la Bolsa en Wall Street. Trabajo había. ¿Entonces por qué?

Hace unos años mi madre recibió la llamada de su prima Eloisa, hija de la hermana de Camilo, la tía Mercedes. Hacía rato no se hablaban. En determinado momento, la conversación recayó en el fuerte temperamento de Camilo. Eloisa dijo a boca de jarro:

—Sí, a veces actuaba como un loco, como cuando se

tuvieron que ir al Uruguay porque había matado al cuñado.

-¿Qué cuñado? -preguntó atónita mi madre-. Si Andrés murió de viejo.

Ella sólo conocía a su tío Andrés, hermano menor de Concepción, casado con Victoria, una valiente mujer que parió sus cuatro hijos en el suelo; el hijo varón de Andrés era sordomudo y pintor artístico, vivía de la pintura y se casó con una chica sordomuda como él. Nunca tuvo el menor conocimiento de otro tío.

-¿Pero cómo? –repuso Eloísa- ¿No sabías nada? ¡Ay, metí la pata! Bueno, todo esto pasó hace tantos años, ya no tiene importancia. Tu mamá tenía otro hermano, y discutieron y Camilo en una pelea lo mató. Dicen que fue sin querer, pero tuvo que fugarse al Uruguay para no ir preso.

Aquella revelación mortificó a mi madre, ya anciana, hasta límites incalculables. En vano le dije que era algo sucedido en los arcanos del tiempo; que no podía amargarse ahora por eso; que sin duda Camilo habría tenido motivos para actuar así; que tal vez lo hizo en defensa propia... Maldijo a Eloisa por haberle hecho esa inoportuna revelación y estuvo muchos meses perturbada y deprimida, pensando en su madre y en que ella debía tenerle terror al marido. Yo trataba de refutarla diciendo que la relación que tenían mis abuelos no era de miedo; que al final de sus días parecía que Camilo adoraba a la Nani, y de hecho era la única a la que hacía caso, y ella parecía haber arribado a una vejez serena y satisfecha, sin señal alguna de sufrimiento. Pero mi madre respondía:

-Eso fue de vieja, ¿pero de joven qué?

Y siempre terminaba llorando por su mamá.

Ir a otro país, aunque sea tan parecido como Uruguay,

pobre, sin recomendaciones ni conocidos, debió ser muy difícil. Camilo murió a los ochenta y siete años, pero no habría llegado a los treinta de no haber intervenido en su favor un ángel de blancos cabellos que evitó que se suicidara.

La suerte, que les había sido esquiva de este lado del Río, tampoco acompañó a mis abuelos en la otra Banda. Deambulando por pensiones, haciendo changas, acumulando deudas, sufriendo mil privaciones y humillaciones, no lograban establecerse. Camilo se sentía culpable de haber arrastrado a Concepción a esa penosa existencia. Se había hecho de un revolver para intentar cambiar la suerte por las malas, si era necesario. Pero estaba maldito y todo le salía mal.

Ese día había salido del miserable hotelucho muy temprano a buscar trabajo. Era tarea inútil: Montevideo no era Buenos Aires, las oportunidades escaseaban; los estibadores se agolpaban en el puerto luchando por una estiba; no había demanda de obreros gráficos. Camilo hacía varios días que no comía, aunque le mentía a su mujer que sí. Desesperado y al borde de la locura, llegó a aquella plaza en Montevideo y se sentó en un banco durante horas, rumiando horribles pensamientos. Creía que su vida no tenía objeto, que todo lo había hecho mal, que su delito lo perseguiría para siempre. Creía que su esposa se había arruinado la vida por él y no podría ni alimentarla. Pensaba que todo estaba concluido antes de haber comenzado, y sus dudas sólo se referían a la manera de terminar con aquella agonía insoportable. "Si me mato", pensaba, "ella quedará sola y abandonada en tierra extraña. Tal vez se vea obligada a prostituirse para sobrevivir". Y en esos momentos se le cruzaba la horrorosa idea de que debían matarse los dos. Tras mucho debatirse en el banco de plaza, con el revolver en el bolsillo, decidió que la única solución era cursar un telegrama a los parientes de mi abuela para que la vinieran a rescatar y él pegarse un tiro en la sien ese mismo día. Tal vez de ese modo pagaría su deuda con Dios y con el mundo.

En aquellos momentos de absoluta negrura, mi abuelo estaba tan abstraído que no advirtió la figura que se acercaba a él parsimoniosamente, atravesando la plaza, hasta pararse a su lado junto al banco.

-Lindo día- oyó que decía una voz de anciano. Al alzar los ojos, no pudo contemplar con claridad a quien le había hablado, porque el sol de la mañana, a contraluz, sólo le permitió ver su silueta, apoyada en un bastón. Mi abuelo recordaría, sin embargo, por el resto de su vida, el cabello blanco del anciano que tenía frente a sí, iluminado por el sol. En su imaginación, aquel cabello se convertiría en una aureola de inmaculada blancura. "Era un ángel de luz", diría emocionado, al evocar aquella escena en su vejez.

-¿Le molesta si me siento?- preguntó el anciano. Sin esperar respuesta, se sentó a su lado.

Mi abuelo, molesto por aquel viejo charlatán que había venido a interrumpir sus amargos pensamientos, hizo ademán de ponerse de pie e irse. Pero el anciano lo aferró del brazo.

-Espere, joven, espere. ¿Adónde va tan apurado?

-Y a usted qué le importa.

-Sí, hijo, me importa. Porque hace más de media hora que lo observo a usted desde aquel banco de enfrente. No se dió cuenta, ¿no? Claro que no, estaba usted muy ocupado lamentándose. Si, sí, ya sé, no es asunto mío, pero soy un viejo entrometido y no pude dejar de observar cómo usted metía la mano en el bolsillo y la sacaba otra vez. Y ya sé lo que tiene usted en el bolsillo.

Mi abuelo se alarmó y quiso nuevamente ponerse de pie, pero el anciano volvió a retenerlo.

-No se preocupe. No lo voy a denunciar ni soy policía. Sólo quería decirle que yo también, una vez, estuve en esta misma plaza, en este mismo banco, con un revolver en el bolsillo. Quería matarme porque una jovencita me había dejado. Qué tonto, ¿no? Como si no hubiera muchas mujeres en el mundo. Pero estaba perdidamente enamorado y no quería vivir sin ella. Tonterías de la juventud. Así que, ya ve, por suerte nunca me maté y todavía estoy, vivito y coleando, y a lo mejor puedo ayudarlo a usted a evitar una estupidez. Vamos, joven, dígame qué le pasa.

Mi abuelo se desmoronó. Sin saber por qué, confió a aquel extraño todas sus desgracias. Le dijo que no tenía escapatoria y que sólo había servido para traer la aflicción a la vida de su esposa, a la que tanto amaba.

El anciano lo consoló y luego lo acompañó hasta una fonda para darle de comer porque "antes de hacer cualquier cosa, siempre hay que llenar el estómago", explicó. Luego le dio una tarjeta personal y le dijo:

-Mañana vaya a tal dirección y preséntese con Fulanito y dele esta tarjeta. Ahí necesitan un hombre que pueda hacer unos trabajos de albañilería y pintura, y cuando los termine seguro le van a dar otras tareas. Pero hoy no vuelva a su casa sin llevar algo de comer. Tome este dinero, no se preocupe por devolvérmelo, Fulanito se lo va a descontar del sueldo. Y no piense más en locuras, amigo, la vida es demasiado valiosa para desperdiciarla. Se lo dice un viejo que ha vivido muchos años y quiere seguir viviendo. Vaya, haga lo que le digo.

La tarjeta que le dio el anciano no contenía nombre ni dirección: sólo un extraño símbolo que mi abuelo nunca volvió a ver, tal vez el emblema de alguna logia secreta.

Al día siguiente se presentó en la dirección indicada, consiguió trabajo y pudo salir de la miseria. Y un día se acercó a la orilla del río y arrojó el revolver bien lejos, para que nadie pudiera encontrarlo.

En la tarde en que me relató esta historia, allá en el cuartito de pensión donde pasó sus últimos días, Camilo se emocionaba al recordar al anciano de blancos cabellos iluminados por el sol a contraluz. Y decía:

-Ya ves. Nunca hay que desesperar. Si no hubiese aparecido aquel buen hombre, yo estaría hace mucho tiempo bajo tierra y mis hijos y nietos nunca habrían nacido. Era un ángel que me devolvió la cordura y las ganas de vivir. Por eso no hay día que no le agradezca. Nunca supe su nombre, pero yo cada noche, antes de dormir, ruego a Dios por el descanso de su alma, y que sus pecados, si es que los tuvo, le hayan sido perdonados, por todo el bien que me hizo a mí.

La situación debió normalizarse lo suficiente como para que mis abuelos pudieran establecerse al fin gracias a un empleo como conductor de autobuses, y construyendo una casilla precaria sobre un lote en los arrabales agrestes próximos a Pocitos, hoy barrio de ricos. La casa fue mejorando gracias al constante esfuerzo de mi abuela, que plantaba su huerta, llenaba el jardín de flores, arreglaba y pintaba el interior. Estaba contenta al fin, y quedó embarazada. En 1928 nació el primer hijo, Horacio Osvaldo Gonzalez; dos años después, Manuel Pedro, "Lolo"; tres años después Arnaldo Elder, "Naldo". Todos ellos en Montevideo. Mi madre, Nélida Alicia, "Neli" o "la nena", nació en 1935, después de que la familia regresase a Lanús.

El primogénito fue muy enfermo; sufrió asma desde chico y pasó su infancia y juventud en estado de postración. Esta dolencia pudo deberse a otra de las locuras de mi abuelo. Un día se le ocurrió desafiar a la Justicia viajando a Buenos Aires a ver a su madre, para mostrarle el nietito. Viajó sin mi abuela. El bebé era de meses y hubo que reemplazar la teta por el biberón: la brusquedad de la separación lo afectó duramente; pasó los primeros días llorando; al regresar, no quería que su madre lo tocara; si ella intentaba acercarse rompía a llorar; parecía como si la culpara del abandono, impuesto por Camilo. Luego se le pasó, pero poco después empezó a evidenciar los primeros síntomas del asma.

He aquí otra muestra del sometimiento legal de las mujeres en aquellos tiempos: como el marido podía disponer de la propiedad sin consentimiento de la esposa, mi abuela Concepción -que era enormemente feliz en su modesta casita de Montevideo, con sus tres hijos pequeños, sus macetas, sus flores y sus hortalizas- debió resignarse a que Camilo, en uno de sus arrebatos, malvendiera la propiedad. Tenía problemas en su trabajo de chofer, estaba enfrentado con algunos de sus compañeros, y se le había metido en la cabeza el deseo de volver a la Argentina. Un día, tras una discusión con Concepción, salió de la casa rezongando y se cruzó con dos hombres que caminaban por su calle. Le dijeron: "Qué linda casa". Respondió: "¿Les gusta? Se las vendo" Y así fue cómo, por mucho menos de su valor, malogrando todos los esfuerzos, la liquidó y arrastró de nuevo a Concepción a una vida incierta.

Al volver a Buenos Aires, ya sin temor a persecuciones judiciales porque el homicidio se había olvidado, deambularon por distintos cuartuchos y vivieron un tiempo junto a mi bisabuela Pilar, hundida en el alcoholismo, tal como referí anteriormente, hasta que Concepción dio su ultimátum y Camilo se vio obligado a conseguir vivienda de alquiler en Villa Barceló, hoy Partido de Lanús, entonces feudo del caudillo avellanedense cuyo nombre llevaba el barrio. Fue allí que nació mi madre, en circunstancias bien dramáticas, que la marcarían de por vida.

CAPITULO 4: NIÑEZ Y JUVENTUD DE NÉLIDA ALICIA Y NUEVAS AVENTURAS DE CAMILO

Concepción había alumbrado tres varones por sus propios medios, y no de poco peso, pero siempre con dificultades. Tenía una mala formación en la pelvis, cuyos huesos no estaban ubicados simétricamente. Debido a ello, el bebé en el canal de parto tenía que hacer una especie de zigzagueo, con riesgo de vida de madre e hijo por las demoras al parir. Por tal motivo, cuando llegó el momento de dar a luz a mi madre, convocaron a una comadrona que la asistió en el domicilio. El tiempo pasaba y Concepción gritaba y se esforzaba en vano. Camilo oía todo desde el cuarto vecino con impaciencia. Al fin entró dando un portazo y dijo a la comadrona:

-Déjeme ver.

-Señor, por favor, no interrumpa. Ya casi sale.

Pero Camilo la empujó y observó. Vio que mi madre estaba atascada; la cabecita asomaba, pero de alguna manera no terminaba de salir. Comprendió que se iba a asfixiar. Agarró a la comadrona de un brazo y la sacó de la habitación sin hacer caso de sus protestas, y se puso él mismo a hacer el trabajo de partero, como lo había hecho muchas veces en el campo con los animales.

Su intervención fue providencial, porque mi madre estuvo a punto de ahogarse o sufrir severas lesiones. Prácticamente la arrancó del seno materno a los tirones, dislocando su brazo derecho. Esto no fue advertido entonces ni en los meses siguientes. Sólo cuando la lesión ya estaba muy consolidada debido al tiempo transcurrido, fue evaluada por traumatólogos de la Casa Cuna, quienes prescribieron un tratamiento de rehabilitación para que la niña pudiera recuperar en parte la movilidad de su brazo. Pero la ignorancia de la época y la falta de continuidad del tratamiento hizo que este no diera sus frutos, y Nélida quedó con una importante discapacidad por el resto de su vida. Ella siempre se las ingenió para disimular que no podía mover el brazo derecho: lo usaba para sostener objetos, mientras desempeñaba tareas complejas y escribía con la mano izquierda. Nadie, salvo los muy allegados, supo de su discapacidad.

Nélida Alicia (como a ella le gustaba identificarse de anciana en las redes sociales) debió, pues, a su padre la vida, por haberla hecho nacer, y la falta de movilidad de su brazo derecho por habérselo dislocado involuntariamente. Y aún recibió un tercer legado más extraño: el don de la videncia, tal como hemos contado. No supo de este don hasta ser adulta, ya que no recordaba visiones de niña. O tal vez no las comprendía o no las sabía interpretar.

Por aquellos tiempos, plena Década Infame, época de convulsiones y protestas severamente reprimidas, fue Camilo quien tuvo una de sus más recordadas y siniestras visiones. Se ganaba la vida como chofer de taxi y luego de micros de larga distancia: hacía viajes a Bariloche o a Mar del Plata por angostas rutas en las que a duras penas entraba otro vehículo por la mano contraria: eran viajes cansadores porque la empresa no permitía a los choferes descansar el tiempo suficiente, y a veces los hacía conducir de regreso mal dormidos; para mantenerse despiertos, debían acudir a expedientes desesperados, como echarse agua de hielo o ponerse cubitos entre las piernas. Un día en que estaba de franco entre viajes, Camilo decidió ir junto a Concepción a visitar a su hermana Mercedes. Era junio y hacía un frío destemplado. Estaban tomando mate los tres en la cocina cuando Camilo preguntó:

-¿Qué hace tu marido en el patio del fondo? ¿Está enojado que no nos viene a saludar?

-Bertín no está en el patio del fondo- respondió Mercedes-. Está en el club, ya te dije. Fue a jugar a las cartas.

-No –insistió Camilo-. Está en el patio, lo acabo de ver pasar por la ventana. Lleva una camiseta blanca con una borla rosada en las mangas.

Mercedes y Concepción miraron por la ventana. Ya había atardecido y estaba todo negro, pero podía distinguirse que el patio estaba vacío.

-Ay, Camilo. No me hagas asustar –dijo Mercedes- Bertín no tiene camiseta blanca con borlas rosadas. Y tampoco va a andar así con el frío. Decime de verdad lo que viste, no me ocultes nada.

Camilo respondió que se había equivocado, que no había visto nada, pero su hermana no le creyó porque conocía sus visiones.

Pasaron los meses y llegó la Navidad y pasaron dos días más. Hacía mucho calor y Camilo había regresado esa misma madrugada de Bariloche, agotado. Se tiró en la cama y durmió profundamente. Hacia media mañana oyó un llanto ahogado y despertó. Se dirigió a la cocina, donde estaban mi abuela Concepción y Mercedes, hablando en voz baja, ésta última cubriéndose la boca con un pañuelo para llorar sin ruido.

-¿Por qué no me despertaron? ¿Le pasó algo a Bertín?

-No te dijimos nada porque tenías que descansar –respondió Concepción-. Tu hermana está mal porque Bertín no volvió a la casa desde ayer. Salió a trabajar con el carro como todos los días, pero no volvió y nadie sabe dónde está.

Bertín era repartidor de soda a domicilio, trabajo que entonces se hacía con un carro tirado a caballo. En la fábrica de soda no sabían nada de él y el carro no había regresado nunca.

Camilo se vistió y con un amigo de la familia salieron a recorrer hospitales y comisarías. Sin novedades. Al fin acudieron a la morgue del Hospital de Avellaneda. Había algunos NN. Se los mostraron. El primer cadáver era de un hombre gordo y corpulento, y Camilo lo desestimó porque Bertín era delgado. Los siguientes cadáveres no tenían el menor parecido ni relación. Camilo recordó algo y dijo:

-El primer cuerpo que vimos. La camiseta.

Volvieron a examinarlo. Dada la corpulencia no podía ser Bertín. Pero Camilo sintió vértigo al comprobar que llevaba la misma camiseta blanca con borla rosada en las mangas que había visto seis meses antes en la ventana. Dijo al encargado:

-Déjeme ver las manos, por favor.

En la regordeta mano derecha, el cadáver tenía entre los dedos índice y mayor el callo que producen las riendas a los carreros.

-No puedo reconocer su cara ni su gordura, pero debe ser éste- dijo Camilo.

-No es gordura –replicó el encargado de la morgue-. Este hombre estuvo todo el día de ayer tirado en la calle al rayo del sol. Está hinchado, no gordo.

El día anterior, Bertín había tenido la desgracia de pasar con el reparto de soda frente a una fábrica donde se desarrollaba una fuerte protesta sindical. Los obreros en huelga querían tomar la fábrica y el dueño, para repelerlos, salió con una escopeta y les disparó. La mala suerte quiso que los proyectiles dieran a Bertín, quien cayó muerto sobre los adoquines. Mi abuelo lo había presentido seis meses antes. Lo más curioso es que Bertín no había tenido camiseta blanca con borlas rosadas hasta la Navidad. Mercedes, sin recordar la visión de Camilo, se la había dado como regalo dos días antes de su muerte.

La pobre Mercedes quedó viuda con apenas veinticuatro años, dos hijas pequeñas - Amelia y Elena- y el hermano discapacitado, Manolito, el que había sido insolado de bebé, a quien ella cuidaba. Concepción le consiguió trabajo en la fábrica de su juventud, Medias Paris, gracias a sus conocidos. Nunca quiso volver a casarse, aunque tuvo muchos pretendientes, porque no quería llevar un hombre a su casa mientras sus hijas fueran menores. Sólo de grande se juntó con un vecino que estaba enamorado de ella y la esperó más de veinte años. Cuando yo la conocí era una mujer muy menudita y dulce, muy frágil; tenía problemas cardíacos y llevaba un marcapasos. Ella misma contaba la visión de Camilo sobre Bertín, y le pedía, no en broma sino muy seriamente, que si alguna vez volvía a tener una visión sobre alguien de su casa se abstuviera de hacerle el menor comentario.

En aquellos tiempos, finales de la Década Infame, Lanús no era aún una isla de cemento con cientos de miles de habitantes, monumento al hacinamiento urbano y la falta de planificación, sin plazas ni espacios verdes, atiborrada de villas y dominada por el delito y el narcotráfico, como lo es en la actualidad; ni el área metropolitana era ese monstruoso manchón de interminables edificaciones en que se amontona el cuarenta por ciento de la población del país para malvivir entre asaltos a mano armada, quemas de gomas por piqueteros y embotellamientos de tránsito. Lanús era apenas un pueblito, un racimo de casas en las inmediaciones de la estación ferroviaria, con algunos otros puñados de casas repartidos en distintas áreas, la inundación hacia Puente Alsina, los talleres en Escalada, y no mucho más. En Villa Barceló y Monte Chingolo era campo, con tambos, arroyos, caballos pastando. Donde hoy está el cementerio había un tambo al que mi madre iba a comprar leche. Donde después hicieron el cuartel de Viejobueno, tomado por los guerrilleros del ERP en 1975 y que dio lugar a una terrible ratonera y matanza, era el ranchito del Viejo Bueno, el curandero sanador a cuya ciencia popular acudían los enfermos de varios kilómetros a la redonda. En aquel paraje campestre jugaban mi madre y mis tíos de niños. Ella era "machona" porque estaba criada entre varones; subía a los árboles, pateaba la pelota y remontaba barriletes. Los varones a veces se iban en excursiones a campo traviesa hasta el Río de la Plata, en Quilmes y no regresaban hasta el anochecer. A veces robaban caballos de los vecinos, que venían luego a protestar, y mi abuelo Camilo se veía obligado a desenfundar el cinto y dejarles las nalgas rojas de cinturonazos. Un día mi tío Lolo cayó de un caballo y se golpeó la columna contra una piedra, y durante mucho tiempo pareció que se había recuperado sin secuelas, pero andando los años, cuando ya tenía unos treinta y estaba casado y viviendo en Santiago del Estero, comenzó a presentar los síntomas de una extraña enfermedad que hizo que sus vértebras se fundieran unas contra otras en medio de terribles dolores, hasta convertirlo en una suerte de jorobado, atrofiando su atlético cuerpo y reduciéndolo a la mitad de su estatura. Se supone que pudo haber sido una secuela tardía de aquel terrible golpe en la columna.

Iban a la escuela de la zona. En invierno las mañanas eran tan frías y el campo estaba tan cubierto de escarcha que Concepción les calentaba unas papas para que las llevaran en los bolsillos y entibiaran con ellas sus manos infantiles. Concepción había vuelto a estar feliz, y a veces cuando los chicos regresaban de la escuela ella los aguardaba escondida en el ropero o detrás de una puerta, y los sorprendía apareciéndoseles de golpe y luego se tiraban todos juntos al suelo riendo y jugando con su madre.

Eran tiempos duros, de fuerte represión sindical, de miseria; Camilo a veces debía esconderse; habían sancionado una ley de represión del comunismo verdaderamente cavernaria; a los sindicalistas los detenían y torturaban; el hijo del poeta Leopoldo Lugones, devenido jefe policial, acababa de inventar la picana eléctrica y la aplicaba con deleite a los anarquistas. A veces Camilo se quedaba sin trabajo, y Concepción daba de comer a la familia con el producido de la huerta que cultivaba en los fondos de la casa y con los conejos que criaba en unas jaulas. Y a pesar de la pobreza, eran felices. Anda por allí una foto que hacía siempre llorar a mi madre; la tomó un fotógrafo callejero un domingo en las playas de Quilmes; Camilo y Concepción están sentados en el pasto y a su alrededor están los niños; Neli es pequeñita y tiene el cabello rubio; sus hermanitos tienen aspecto travieso y presentan una peculiaridad que es la que arrancaba las lágrimas de mi madre anciana: en vez de camisas, tienen los delantales escolares metidos debajo de los pantaloncitos, porque la familia pasaba un período de mucha miseria y Concepción debió convertir los delantales en camisas…

Cuando Neli terminó quinto grado, ya la Década Infame había quedado atrás y el país se encontraba en un momento de auge debido a la industrialización y la Revolución Peronista. La miseria empezaba a ser un mal recuerdo. La familia se mudó a Lomas de Zamora, al barrio de las calles Mitre y Piaggio, un poco más urbanizado, a una casa alquilada de estilo "chorizo", con su galería lateral y su jardín, a la que con el tiempo se adicionó una pieza cuadrada adelante que hacía las veces de living, con una terraza y un porche en los que me cansé de jugar de niño, arrojándome desde la terraza sin que nunca se me rompiera ningún hueso, pese a la altura desde la que hacía mis acrobacias. El propietario de la casa había mantenido un par de discusiones con Camilo y le tenía verdadero terror; ni siquiera iba a cobrar el alquiler por miedo; debía ir mi madre a llevárselo a su domicilio. En esa casa vivieron décadas, hasta la muerte de Nani en 1974, poco después de la del General Perón: ambos fallecimientos permanecen muy vivos y asociados en mi memoria infantil. Era una casa linda y cómoda, y mi abuela Concepción, cuando podía, se sentaba a descansar en una mecedora de mimbre, regalo de Camilo, y a contemplar las plantas o la lluvia. Ella no gustaba de salir; no salía ni a la vereda; vivía recluida en aquella casa, rodeada de sus hijos, y sólo tenía trato con sus vecinos linderos, doña Regina y don Benito, pareja de gallegos analfabetos, pero con una gran sabiduría innata.

También Concepción, sabiendo leer y escribir, carecía de instrucción, ya que sólo había ido hasta tercer grado, pero tenía una inteligencia despejada y clara; enseñaba muchas cosas a sus hijos; les daba buenos consejos y les inculcaba un pensamiento crítico. A mi madre, afecta a la lectura, le decía: "Está muy bien que leas, Neli, pero no creas todo lo que dicen los libros, porque hay cada loco que escribe."

Mi madre hizo sexto grado en la Escuela Número 8 Florentino Ameghino, que a la sazón estaba en una viejísima casa de adobe con aljibe en el patio; luego, Perón hizo construir un nuevo edificio más moderno. Allí estudiamos también sus hijos Ricardo y yo. Un alumno notorio de esa escuela fue el ex Presidente de la República, Eduardo Duhalde, vecino de ese mismo vecindario, algunos años menor que mi madre. Nélida lo veía pasar camino a la escuela: era un chico gordito y cabezón llevando su portafolios, y aunque no tenía nada de particular, mi madre, con su intuición sobrenatural, conservó el recuerdo.

Con los años; Duhalde instaló frente a la Escuela su inmobiliaria, con la que se ganaba la vida en tiempos de la última dictadura militar, cuando la actividad política estaba prohibida, y fue él quien se ocupó de vender la casa de mi otra abuela, Beatriz.

La educación primaria pública era entonces de excelencia; las escuelas privadas eran para los repetidores; los buenos alumnos salían de las escuelas públicas; las maestras de mi madre eran bien remuneradas y se vestían como señoras de la sociedad, de punta en blanco, y eran tomadas de modelo por las niñas; tenían una gran formación docente. Mi madre aprendió a disfrutar la música clásica gracias a una maestra judía que siempre aconsejaba a los alumnos escuchar Radio Nacional; ella le hizo caso y así conoció a los grandes compositores y orquestas del mundo; fue ella quien me inculcó el amor por la música clásica. Así es cómo una buena maestra puede influir para bien, no sólo a sus alumnos, sino también a generaciones futuras.

También en la escuela las maestras inculcaron a mi madre el amor por la lectura y la literatura. Fue allí y fue en su casa, pues mi abuelo Camilo hacía que todos los días se sentara a su lado en la mesa familiar y le leyera los diarios con las noticias de la Segunda Guerra Mundial. También mi tío Horacio, siendo asmático y saliendo muy poco de su habitación, era gran lector y compartía con mi madre las novelitas policiales que leían por docenas, de la colección Rastros y de otras similares. Un día, cuando ya Horacio era adolescente, mi abuelo Camilo llegó a la casa con los cables cruzados, se enojó al verlo leyendo novelas, se las arrancó prácticamente de las manos y armó una pila de libros y revistas en el fondo de la casa, al mejor estilo Gestapo, y los prendió fuego, pese a las protestas de Horacio, Neli y Concepción. Así eran los arrebatos de Camilo. Pasaba meses tranquilo, pero nunca se sabía cuándo iba a tener una explosión.

Todos los hijos de la familia cumplieron la escuela primaria y nada más. Era inconcebible en aquellos tiempos que un hijo de obrero llegara a profesional. Aunque Perón había abierto la educación universitaria a los obreros, no era tan sencillo cambiar la mentalidad de los propios trabajadores, que consideraban vedados esos ámbitos para sus hijos. Además, los jóvenes debían trabajar. Horacio no fue obligado a trabajar debido a sus ataques de asma. Pero Lolo debió comenzar a trabajar a los once años en una óptica de la Capital; viajaba todos los días en tren y permanecía fuera de la casa gran parte de la jornada; su patrón al principio era bueno y humano y le enseñaba el oficio, pero después contrajo enlace con una mujer que era una auténtica arpía y pretendía imponer a mi tío tareas humillantes y lo trataba como a un sirviente; fue entonces cuando Lolo empezó a revelar un carácter inquebrantable, pues daba a la arpía unas contestaciones brillantes, sin dejarse avasallar. La arpía, impotente frente a la dignidad del niño, se tiraba en el suelo y pataleaba y reclamaba a su esposo que lo echara o lo castigara. A pesar de todo, Lolo se convirtió en óptico, pero queda el interrogante de cuánto dinero podía ganar y qué necesidad tenía mi abuelo de enviarlo a trabajar en vez de estudiar. Era la mentalidad de la época.

¡Pobre mi tío Lolo! Su vida da para una novela. De joven fue sano y atlético, excelente nadador, de muy buena figura, pero pronto lo acosaron las enfermedades. Lo primero fue el asma. La misma enfermedad que su hermano Horacio, sólo que diez veces peor. No existían aún los corticoides, y sus ataques eran tan terribles que los médicos le dijeron que si no se alejaba de la humedad de Buenos Aires, su corazón no iba a resistir. Un día, al volver del trabajo, encontró olvidada en una balanza de Constitución una cámara de fotos profesional, carísima, que fue su salvación. Con ella se fue a probar suerte como fotógrafo a La Falda, en Córdoba. Allí recibió la ayuda de un evangelista que era óptico y le dio trabajo por caridad, y con los años le tomó tanto cariño que le montó una sucursal en Catamarca. Terminó recalando con local propio en Termas de Río Hondo. El clima seco disminuyó sus ataques de asma. Conoció a su esposa, una bella tucumana, profesora de danzas, y todo parecía ir bien, hasta que comenzaron sus problemas de columna y su cuerpo se atrofió entre espantosos dolores. El consumo de medicación y corticoides destruyeron con los años sus riñones, pero no su espíritu. Su vida transcurría entrte operaciones quirúrgicas. Y así, convertido prácticamente en un discapacitado, crió cuatro hijos y prosperó con su trabajo y su insobornable rectitud. Mi abuela Nani y mi madre lo adoraban, lo compadecían por ese injusto sufrimiento, a la vez que admiraban su entereza a toda prueba.

El otro a quien se envió a trabajos forzados a muy corta edad fue mi tío Naldo, que se resistió fieramente, acostumbrado como estaba a correr por el campo y montar a caballo en libertad. Cada vez que se negaba a levantarse temprano o se hacía la rata al trabajo, mi abuelo Camilo sacaba a relucir su cinturón con hebillas y le daba unas soberanas palizas. Naldo gritaba de dolor sin dejar de resistirse, y a sus gritos se aunaban los de los hermanos; toda la familia terminaba llorando, menos Camilo, que no iba a permitir un holgazán. El trabajo era en una fábrica de galletitas que empleaba muchos niños; Naldo odiaba la repetición de las tareas y el maltrato de los capataces. Se hizo amigo de un muchacho muy alegre, chistoso y divertido de su misma edad, con quien llegó a ser inseparable. Un día, sin embargo, vino la policía a buscar al joven a la fábrica y se lo llevaron esposado. El caso salió en todos los medios de la época por lo truculento del crimen. Sucedió que el amigo de Naldo vivía con la madre, dos hermanos mayores y una hermana pequeñita en una casa de Lanús; la mamá los había criado sola y era una matrona tiránica y absorbente. Un día el hijo mayor se enamoró de una chica chaqueña que trabajaba como sirvienta, se casó y la llevó a vivir a la casa familiar. La madre celosa y la nuera no se llevaban bien y discutían cada vez con mayor frecuencia. La chica estaba embarazada, ya cercana a parir, cuando la vieja tiránica, en medio de una de sus habituales discusiones, le golpeó la cabeza con una pala o le clavó un cuchillo de cocina, con tanto tino que la mató instantáneamente. Los hijos varones, atónitos al llegar del trabajo, encerraron a la hermanita menor en su dormitorio y se pusieron a deliberar. Resolvieron ocultar el crimen y enterraron el cuerpo de la chica embarazada en el jardín. Encima le plantaron un árbol. A los vecinos y conocidos les dijeron que la chica se había ido con su familia a Chaco y nadie volvió a hablar del asunto. La hija menor de la familia, sin embargo, pese a que no tenía más de cinco años, vio todo, aunque lo calló. Al crecer se puso de novia, y al enamorarse no pudo seguir callando el crimen familiar que la torturaba. El novio, estupefacto por la revelación, acudió a la policía. El caso ocupó las primeras planas policiales de la época. Mi tío Naldo nunca terminó de digerir que su mejor amigo, ese chico tan alegre y dicharachero, hubiera participado de semejante hecho o lo llevara en su conciencia debido a un pacto de silencio.

Mi madre Nélida, por su condición de mujer, no fue enviada a trabajar ni sufrió jamás una sola paliza. Al contrario, era la mimada. Fotos infantiles la muestran con un aspecto de Shirley Temple, con sus cabellos muy rubios, casi blancos y ensortijados, como un angelito. Hasta pasados los ochenta años, mi abuelo Camilo la seguía llamando "la nena". Era la confidente de Concepción y tenía con ella una particular conexión; adoraba a su madre y hasta el día de su propia muerte lloró su pérdida con lágrimas amargas.

Mi madre era una niña tremendamente inteligente. Creo que sus padres cometieron un terrible error cuando no le permitieron seguir estudiando; su maestra fue a verlos para tratar de convencerlos de que la enviaran al secundario. Ella debió estudiar y seguir una carrera universitaria por su gran facilidad para aprender; pero la mentalidad de la época y los prejuicios de sus propios padres lo impidieron. Terminado el sexto grado, ella misma continuó su educación de manera autodidacta, leyendo cuanto libro cayera en sus manos, ahorrando para comprar libros usados en las librerías de viejos, hasta adquirir una gran formación literaria, totalmente inusual para una joven de clase obrera y sin estudios. Pasaba horas en las librerías, y una vez, en una librería de Banfield, conoció (supuestamente) a Julio Cortázar, que había publicado hacía poco su cuento "Casa Tomada" y conversaba animadamente con el dueño del local. Y se enamoró platónicamente del escritor. Digo supuestamente porque he rastreado las andanzas de Julio Cortazar, que era de Banfield, pero en esa época parece ser que ya no vivía allí ni estaba en el país. En todo caso, cuando se hizo famoso, mi madre estaba convencida de que era él. Yo creo que ella quería ser escritora y nunca se animó a causa de la lógica inseguridad de una mujer de clase baja que no había seguido los estudios.

En la primaria no sólo la elegían siempre la mejor alumna sino también la mejor compañera, porque era amable y solidaria con todos. Como premio, la enviaron a conocer a Evita a la Fundación Eva Perón; ella y los alumnos elegidos de otras escuelas llegaron tarde de noche y debieron esperar porque Evita tenía muchas ocupaciones; al fin los atendió como a la una de la mañana; estaba atiborrada de menesteres; recibió cariñosamente a todos los niños, los besó y les regaló unos presentes; mi madre cuenta que era muy hermosa y tenía un cutis admirable, de gran finura y delicadeza. Verdadera estrella de cine.

Debido a su amabilidad, mi madre era muy popular en el barrio: la adoraban todos los vecinos; con todos hablaba y se mostraba gentil. Un anciano me dijo hace poco que él y sus amigos, de adolescentes, estaban enamorados de mi madre; la miraban pasar embobados; "era tan linda –recordaba- rubia, alta, caminando siempre derechita, parecía una sueca, una alemana". Cuando se casó en la Catedral de Lomas, la sorprendió la enorme multitud que se juntó para verla; vecinos y mujeres mayores y jovencitas de todos los barrios cercanos, a quienes sólo conocía de vista, fueron a admirar su vestido y a llorar cuando dio el sí, como si se tratara de una artista.

Hoy veo que no fui capaz de comprender a mi madre, ni siquiera en sus últimos momentos. Me reprocho no haber sido más atento y cariñoso con ella, haberme enojado con excesiva frecuencia cuando discutíamos, mi escasa paciencia en sus últimos años, mis reclamos injustos e innecesarios. La cuidé hasta el final, pero no supe expresarle el cariño y la admiración que le tenía, ni darle las gracias a tiempo por todo lo que me enseñó en la vida, como se merecía. Fui mucho más comprensivo con mi padre que con ella. Es más fácil reclamar y herir que agradecer y consolar. Mi propia madre lo decía con frecuencia: da el mismo trabajop decir una palabra amable que una que hiere, y, sin embargo, preferimos esta última. Una hija tal vez la hubiera entendido y confortado como yo no supe. Pero la pobre siempre estuvo rodeada de hombres, fue única mujer de cuatro hermanos, única mujer de una familia compuesta por su marido, sus tres hijos y su padre, que no la comprendíamos. Quizás para ocultar su discapacidad y sus inseguridades, se calzaba una coraza que podía confundirse con arrogancia y obstinación. Y nunca la entendimos. Tal vez por eso ella adoraba a su madre, que era también su amiga y confidente, y habló con el espíritu de su madre durante más de cuatro décadas, y la llamó con tanta insistencia cuando se avecinaba su hora.

Regresemos ahora a la vida pública de mi abuelo Camilo, que fue notable y accidentada, y lo llevó a relacionarse con algunas de las principales figuras de su tiempo.

Como anarcosindicalista, participó siempre activamente en la vida sindical y en las luchas sociales. Fue un firme militante de las campañas a favor de Simón Radowisky, el joven autor del atentado contra el jefe de policía Ramón Falcón, que purgaba una condena a perpetuidad a la cárcel de Ushuaia, motivando reclamos internacionales contra el gobierno argentino, ya que fue juzgado como adulto pese a ser menor e inimputable al momento del atentado. Radowiszky padeció todo género de malos tratos y privaciones y enfermó gravemente en aquella gélida e infame cárcel austral, destino de muchos presos políticos, hasta que fue cerrada por Perón. En 1930 el Presidente Yrigoyen accedió a los pedidos del movimiento obrero e indultó a Radowiszky poco tiempo antes de ser derrocado por la Revolución protofascista del General Uriburu, primer golpe de Estado de la Argentina. Aunque ese golpe tuvo muchas causas, entre las que descollaban los efectos económicos de la crisis mundial del 29, el revanchismo de la oligarquía ansiosa de recuperar el poder, las ambiciones de las multinacionales petroleras y los errores políticos del propio Yrigoyen, ya muy anciano, mi abuelo estaba convencido de que había sido el indulto a Radowiszky uno de los detonantes, y que el odio de las clases altas al anarquismo nunca le perdonó a Yrigoyen ese gesto de indulgencia, como tampoco le perdonó –según su criterio- que el presidente radical hubiera hecho sancionar normas laborales favorables a los trabajadores, ni que contara entre sus asesores a dos connotados anarquistas que frecuentaban la Casa Rosada. La insistencia de la historiografía antiyrigoyenista promovida por Osvaldo Bayer ha convencido a las generaciones jóvenes de que Yrigoyen fue un presidente antiobrero, responsable de las represiones de la Semana Trágica y la Patagonia rebelde, pero los viejos anarquistas no pensaban así. Sabían que el gobierno de Yrigoyen estaba muy condicionado por el aparato estatal formado bajo el régimen oligárquico, y que Yrigoyen no controlaba ni la policía ni el ejército: lejos de repudiar al presidente radical, lo veían con simpatía, al menos eso me ha manifestado siempre mi abuelo Camilo.

Durante la Década Infame, Camilo centró sus esfuerzos en ayudar a mantener vivas las organizaciones anarcosindicalistas, objetivo preferente de la represión estatal y de las redadas policiales y la picana. El insólito fusilamiento del anarquista Severino Di Giovanni dio la pauta de que el verdadero objetivo de los gobiernos oligárquicos no era acabar con Yrigoyen, sino con la amenaza de los obreros anarquistas. Eran los tiempos en que se veía con esperanza la lucha anarquista en España, que pronto sería aplastada por Franco con la ayuda de Hitler y Mussolini. Allí aparecieron también los nuevos actores que vendrían a usurpar el rol del anarquismo en el movimiento obrero iberoamericano: los comunistas dirigidos por Stalin, y la izquierda trotskista. Mi abuelo nunca simpatizó con el comunismo soviético, que era lo contrario del ideal anarquista, si bien apoyó en su momento la Revolución Cubana y también tuvo circunstanciales acercamientos con los etéreos e inasibles comunistas argentinos. No quería a los socialistas, opinaba de Alfredo Palacios que era una suerte de embaucador de la falsa izquierda, e insistía en la independencia del movimiento obrero respecto de la socialdemocracia y del comunismo. Sus ideas resultaron quiméricas, pues nadie podía escapar a las divisiones maniqueas que entonces tensaban las relaciones políticas en todos los países: los dominadores del mundo obligaban a todos a elegir entre comunismo y fascismo, entre Stalin y Hitler, y más tarde vendría otra división no menos perversa: entre capitalismo angloyanqui y comunismo soviético. En esas polarizaciones que desgarraban el mundo arrastrándolo a la guerra, el odio, la muerte, los campos de concentración fascistas y comunistas, los asesinatos en masa de Hitler y de Stalin, las bombas nucleares de Yanquilandia y todas las criminales bravuconadas de las grandes potencias que se disputaban la dominación de la Humanidad, el hermoso sueño anarquista no tenía lugar. Sólo había lugar para los partidos de masas, el lavado de cabeza, la propaganda brutal, las agencias de inteligencia, los Ejércitos y las bombas.

A medida que avanzaba la Década Infame, y al impulso del proceso de sustitución de importaciones desencadenado por la Segunda Guerra Mundial, la clase obrera adquiría creciente importancia en Argentina y el movimiento obrero y sindical se transformaba. Mi abuelo Camilo fue parte de esa transformación. El anarquismo, al quedar a la deriva tras su derrota en España y su sofocación en todas partes, fue absorbido por un nuevo movimiento que parecería a primera vista ideológicamente alejado de los viejos anarcos, y que sin embargo incorporó muchas de sus consignas y tradiciones de lucha: el naciente peronismo, que debía a los anarquistas -dicen algunos- hasta la pegadiza marcha partidaria. También mi abuelo Camilo se incorporó inicialmente a las huestes sindicales de Perón.

Cuando se produjo el golpe de Estado del 4 de junio de 1943, clausurando la Década Infame oligárquica, nadie sabía muy bien qué representaba el nuevo gobierno, pero pronto hubo un hombre -hasta entonces desconocido fuera del Ejército- que destacó, y quedó en claro para todos que era el verdadero cerebro del gobierno, el que había organizado el golpe y el que le daba una consistencia y un programa: el coronel Juan Perón. Él tenía una propuesta para los trabajadores: prestar todo su apoyo a los sindicatos y consagrar la legislación obrera reclamada en vano durante décadas.

Entusiasmado, Camilo aprovechó los tiempos para organizar su gremio. Fue fundador de la Unión Tranviaria Automotor en la Provincia de Buenos Aires y fue su primer dirigente. Desde allí trabó lazos con el coronel Perón, que dirigía hábilmente la Secretaría de Trabajo y Previsión. Muchas veces concurría allí con sus demandas, y se vio seducido, como todos, por la sempiterna sonrisa gardeliana del joven militar y sus realistas conceptos sindicales. Algunas cosas no terminaban de cerrar a mi abuelo, como las negociaciones que Perón hacía con la patronal, a modo de árbitro; Camilo no creía en ese método sino en la confrontación, pero debió admitir que Perón lograba sus objetivos. Un día lo oyó a Perón decirle a Lagomarsino, el de la fábrica de sombreros:

-Los obreros le piden a usted un aumento de sueldos.

-Pero el gobierno dijo que no se pueden aumentar los precios, y yo, para aumentar los salarios, tengo que subir los precios de los sombreros en algunos centavos.

-Hágalo, Lagomarsino, yo lo cubro.

Acto seguido firmaron un acuerdo con el sindicato y festejaron. Mi abuelo desconfió de esa solución demagógica.

El personalismo de Perón tampoco le gustaba. Su anécdota preferida, para ejemplificarlo, era una reunión en un sindicato, en donde el coronel Perón estuvo presente en el escenario junto al jefe de esa organización, tras haberse acordado unos beneficios para los trabajadores. El representante sindical no lo alabó como debía; en vez de eso, pronunció un discurso cuya frase más recurrente era. "porque Yo conseguí … porque Yo hice… porque Yo negocié…" Perón se revolvía inquieto en su silla, y en determinado momento Camilo lo oyó susurrar a uno de sus asistentes:

-Decile a ese hijo de puta que acá el único Yo soy yo.

Camilo solía describir las reuniones con Perón en la sede de la Secretaría de Trabajo y Previsión. En la antesala aguardaban representantes de los gremios más diversos esperando plantear sus demandas o ser ayudados a organizar sus sindicatos. Era el gran momento de la expansión sindical porque Perón ayudaba a todos los que quisieran sindicalizarse, e intentaba sumarlos políticamente a sus objetivos. Camilo observaba delegaciones de las más variopintas y coloridas. Las que se llevaban todas las miradas eran las prostitutas, que esperaban tener también su sindicato como trabajadoras sexuales.

Pero no era con Perón con quien más trataba Camilo sino con su estrecho colaborador, el coronel Domingo Mercante, más tarde gobernador de la Provincia de Buenos Aires, y uno de los mejores que tuvo esa provincia. Con Mercante tendría una larga amistad: cuando aquel cayó en desgracia, mi abuelo era de los pocos que lo iban a visitar a su casa en Monte Grande.

Cuando el fruto de tanta constancia estaba maduro y llegaba la oportunidad de crecer al calor del peronismo triunfante, tras la pueblada del 17 de octubre de 1945, ¿qué hizo Camilo, el eterno "contrera"? Se peleó con Perón.

Fue por causa de Evita. Ella quería que en la UTA tuviera un papel destacado un protegido suyo. Camilo se sintió puenteado y desplazado y decidió presentar batalla. El enfrentamiento alcanzó ribetes de violencia. Camilo intentó impedir que le tomaran el sindicato a golpes de puño, bajo la consigna nada política de: "al que se acerque a mi oficina le voy a poner los dientes en la nuca". Presa ya de un desmesurado enojo, como sucedía siempre que perdía la cabeza, sacó del sindicato los afiches sagrados de Perón y Evita y colgó, a modo de provocación, los de Tamborini y Mosca, la fórmula de la Unión Democrática. No apoyaba a esos candidatos cajetillas, sino que, perdido por perdido, hizo lo que más irritación podía producir a sus adversarios. Siempre en la contra, siempre en los extremos, no pudo soportar que lo dejaran de lado, y en vez de intentar acomodarse, se lanzó a una cruzada inútil y perdidosa. A partir de ese momento, sus enemigos sindicales, que tres meses antes eran sus amigos y protegidos, lo denunciaron ante Perón como un peligroso comunista. Debido a ello pasó largas temporadas escondido en el campo y más de una vez terminó en la cárcel.

En una oportunidad lo detuvieron en el centro de Lanús dos vigilantes y lo llevaron a la seccional. El comisario lo miró de arriba abajo con arrogancia.

-Metan a este negro en el calabozo de las putas y caguenlo bien a palos- dijo.

Camilo, cuando se enardecía, tenía una fuerza sobrehumana. Aunque estaba esposado, tomó con cada mano la cabeza de uno de los vigilantes y las hizo chocar entre sí, al estilo del cine mudo. Comenzó a dar patadas al escritorio del Comisario hasta arrinconarlo contra la bandera argentina que estaba detrás de su silla. El Comisario empezó a gritar:

-¡Vengan todos, sáquenme a este loco!

Se salvó de que lo maten a palos porque había trabado amistad con el cónsul de Japón, y mi abuela Concepción le fue a pedir ayuda. El miedo a un escándalo diplomático logró que lo liberaran después de un plazo prudencial.

Más adelante, ya en los años cincuenta, Camilo organizó una de las pocas huelgas en tiempos de Perón, en la línea de colectivos Roca. Él y sus compañeros libraron una batalla campal contra los rompehuelgas de Guillermo Patricio Kelly, jefe de la Alianza Libertadora Nacionalista, la misma agrupación de extrema derecha que pintaba en las paredes: "haga patria, mate un judío".

A pesar de sus enfrentamientos, Camilo reconocía los logros del peronismo. Pero en esto, como en tantas otras cosas, lo traicionaba su temperamento, y no era capaz de administrar el enojo.

Tras la caída de Perón, los militares intervinieron los sindicatos. Bajo el gobierno de Frondizi las organizaciones sindicales fueron normalizadas. Las peleas de mi abuelo con los peronistas fueron olvidadas y pudo regresar a cargos directivos en la UTA, siendo elegido Secretario General de Líneas Particulares. Eran tiempos de lucha, porque el gobierno de Frondizi promovía la privatización de las empresas estatales de colectivos y micros de larga distancia, con lo cual se desataron huelgas y conflictos. Eran también los tiempos en que los trabajadores de la carne mantenían la toma del frigorífico Lisandro de la Torre en Mataderos. Frondizi impulsaba el Plan Conintes que preveía la intervención de las fuerzas armadas en los conflictos internos como parte de la declamada lucha contra el comunismo, de acuerdo con la Doctrina de Seguridad Nacional impulsada desde Washington y la Escuela de las Américas. En esas circunstancias, las diferencias entre obreros peronistas y no peronistas se olvidaron por completo: el enemigo era otro.

Mientras estuvo al frente de la rama de su sindicato, Camilo actuó siempre con honestidad y claridad. Conservo sobre mi escritorio una vieja foto suya pronunciando un discurso en una asamblea de trabajadores, enfundado en un largo sobretodo, con su gorra de vestir y sus eternos anteojos negros, agitando la mano de manera expresiva. En las negociaciones con la patronal, fueron muchas las veces que quisieron sobornarlo; los "gallegos" –como se les decía a los propietarios de las líneas de colectivos- pusieron frente a él, en repetidas ocasiones, cheques en blanco para comprar su conformidad con algún acuerdo desfavorable para los choferes, y él, invariablemente, les devolvió el cheque con desprecio. Muchos dirigentes sindicales de su tiempo se enriquecieron, pero él siempre permaneció pobre y nunca tuvo automóvil ni casa propia, y pasó sus últimos días en una pieza de alquiler: los anarcosindicalistas eran así, se preciaban de su honestidad y desinterés. De viejo pasaba a veces por su antiguo sindicato para hacer algún trámite, y nunca faltaba el viejo afiliado que lo reconocía y decía: "Ese es Camilo Gonzalez, el tipo más honesto que hubo en esta organización". Entre las muchas virtudes de Camilo, su principal defecto, su mayor enemigo, fue siempre su mal carácter.

Si había algo que disfrutaba mi madre era salir a bailar con sus amigas del barrio. Iban siempre acompañadas por la tía de una de las chicas, que era una solterona muy compinche. No eran tiempos en que las jovencitas anduvieran solas. Había grandes bailes en los clubes y salones. Muchas veces tocaban orquestas en vivo. Las orquestas de tango hacían furor. Los boleros aportaban la nota romántica. El jazz empezaba a difundirse. El ritual de los bailes era muy machista y estaba cuidadosamente prescripto: era el varón quien invitaba a bailar a la mujer; y si nadie las invitaba, se decía que las chicas "planchaban". Planchar era casi una tragedia, una muestra de rechazo social y una tremenda frustración. Mi madre podía estar contenta porque nunca había "planchado".

Además de los bailes habituales, que se organizaban regularmente, estaban también los "asaltos", bailes organizados por los propios jóvenes en casas particulares, con algún tocadiscos, docenas de discos, bocadillos y bebidas aportados por los participantes. También estaban los bailes de Carnaval, que se hacían en los salones de los clubes deportivos, y eran multitudinarios, algunos de ellos muy famosos, como los bailes del Club Comunicaciones o Regatas. Mi madre frecuentaba los bailes del célebre Hotel Las Delicias, de Adrogué

En los bailes se formaban las parejas. Mi madre tuvo varios noviecitos, aunque ninguno serio. Besarse se decía "chapar", y era a lo más atrevido que se llegaba en la mayoría de los casos, ya que las chicas tenían verdadero terror a perder la virginidad, por el estigma social del embarazo en soltería.

En uno de esos bailes, Neli conoció a un joven un par de años mayor, también de Lomas de Zamora, de cabello castaño engominado y rostro afeitado, delgado, bien vestido, de ojos celestes y buen parecer, con el cual se llevó muy bien en la pista. Hablaron mucho aquella noche de toda clase de temas. Le gustaba el cine, como a ella, y también había visto infinidad de películas. Era aficionado al jazz. Estudiaba Ciencias Económicas en la universidad, jugaba al rugby en el Club El Indio y era empleado del Banco Provincia, lo cual constituía toda una garantía de estabilidad. En suma: un buen partido y alguien con quien se podía hablar. Quedaron en encontrarse para conocerse mejor un día muy particular: el 16 de septiembre de 1955, cuando se produjo el golpe de Estado contra Perón. Debido a ello debieron cambiar su cita.

El joven se llamaba Hugo Garin y era el hijo mayor de Victorio Garin y Beatriz Piter. Mi padre.

CAPITULO 5: PATRICIO, LA HAMBRUNA, EL MAGNICIDIO Y EL RÍO QUE NOS ATRAVIESA

Papá y mamá admiraban a John Steinbeck y leyeron todas sus novelas. En los almuerzos de la calle Posadas, entre las novedades del día y los disgustos del comercio, hablaban siempre de películas y libros. Mi padre solía decir:

-Si yo supiera escribir, haría una novela con las historias de mi familia en Entre Ríos más emocionante que "Al este del Paraíso".

Según él, material no faltaba. Muchas veces nos contaba esas historias.

Cuando, en verano, había corte de luz en el barrio, lo cual sucedía con frecuencia, salíamos todos al patio para huir del calor sofocante del interior y tomábamos asiento en los sillones de hierro, protegidos de los mosquitos por el humo de los espirales. El cielo reventaba de estrellas y se veía formidable. Ya no es posible divisar muchas estrellas en la ciudad, pero entonces ardían por millones en el cielo de la vieja Lomas de Zamora. Nos contaba historias del lobizón y la luz mala, nuestras preferidas, pero también nos hablaba de la pintoresca saga familiar.

Un entrerriano nunca olvida su tierra. Y aunque papá no lo era por nacimiento, lo era por herencia y elección. Toda mi familia paterna es entrerriana. Mi padre viajaba regularmente a Entre Ríos para saludar a los familiares y descansar. Lo hacía desde niño, cuando se pasaba tres meses de verano en casa de los abuelos. A veces lo acompañábamos mamá y los hijos, pero mi madre se cansó pronto de estos viajes porque era muy duro llegar. No existía el puente Zárate-Brazo Largo y para cruzar el Paraná había que abordar con el auto dos balsas, luego de larguísimas colas de horas y horas de espera. Los caminos eran de ripio y no exentos de peligro; había que poner protectores de alambre a los parabrisas y a los faroles para evitar que las piedras arrojadas por las ruedas de los otros vehículos rompieran los vidrios, como más de una vez nos pasó, con protección y todo. Y mamá se aburría mortalmente con las visitas interminables a todos los parientes habidos y por haber. Así que no quiso acompañarlo más, y mi padre viajaba sin ella, eso sí, secundado por alguno de sus hijos, adosados por imposición conyugal, calculo que para que oficiáramos de vigilantes involuntarios, pues las mujeres recibían a mi padre con excesivo entusiasmo y había muchas primas demasiado bonitas y cariñosas.

Papá nos inculcó el amor por Entre Ríos. No cesaba de elogiar las virtudes de la vida mesopotámica. Nos llevaba a pasar días de descanso en las últimas chacras de los familiares, a ver las labores agrícolas de las colonias, a bañarnos en los bancos de arena de Colón, Concepción o Gualeguaychú, a recorrer los restos agrestes de los antiguos palmares, las selvas ribereñas pobladas de mariposas blancas o amarillas y enredarnos en las marañas de ñandubay, talas y espinillos, habitadas por liebres, perdices, zorros, comadrejas, cuises y cervatillos ... Mamá, celosa, descalificaba aquellos encantos con una lapidaria sentencia, en broma, y quizás no tanto:

-¡Cómo no te va a gustar todo eso, si sos un enterriano bruto!

Entre los parientes que visitaba estaba su tío Juan Carlos Piter, todo un personaje que en su juventud supo ser músico, tocaba el bandoneón con respetable talento y había dirigido una Orquesta Típica de renombre en la región. Acompañé a mi padre muchas veces a visitarlo en su casa en Gualeguaychú, donde vivía con su esposa: era una linda vivienda construida con un huerto de calle a calle donde crecían frutales y hortalizas. Aunque ya retirado de los conciertos, no dejaba de tocar el bandoneón frente a las visitas, y a veces solo, para no perder la costumbre. Era muy aficionado al ajedrez, y me permitía disputarle algunas partidas. Trabajaba en sus últimos años como portero del Registro Civil, haciendo una vida apacible que mi padre admiraba:

-Mi tío Juan Carlos sí que sabe vivir, sin problemas ni ambiciones, ruidos ni deudas. Es un hombre pobre, pero vive mejor que un rey- idealizaba mi padre, asediado por los entuertos de la vida comercial en una gran ciudad.

Todos los días, al mediodía, al concluir el horario de atención, el hombre cerraba las oficinas y se dirigía, sin más compañía que una radio a transistores y una caña de pescar, al bote que tenía amarrado en el Río Gualeguaychú, lo soltaba y se iba remando tranquilamente; así se pasaba toda la tarde, pescando o haciendo que pescaba, mientras miraba caer el sol tras las orillas y oía el canto de los pájaros: zorzales, calandrias, jilgueros, cardenales rojos, cardenales amarillos, tordos... Se perdía en el idílico paisaje tantas veces evocado en los versos del poeta Juan L. Ortíz, su colega del Registro Civil de la cercana ciudad de Gualeguay, quien tenía la misma costumbre fluvial y la cantaba en versos como estos:

"De pronto sentí el río en mí,
corría en mí
con sus orillas trémulas de señas,
con sus hondos reflejos apenas estrellados.
Corría el río en mí con sus ramajes.
Era yo un río en el anochecer,
y suspiraban en mí los árboles,
y el sendero y las hierbas se apagaban en mí.
Me atravesaba un río, me atravesaba un río!"

El río, los grandes ríos Paraná y Uruguay, los muchos ríos más pequeños, los riachos y arroyos innumerables, las lagunas, los bañados... ¿Quién puede ser entrerriano sin conmoverse por la exuberancia acuática?

Al repasar la saga enterriana, papá decía que el primero de nuestros ancestros en llegar al país -su bisabuelo- se llamaba Patricio Piter y venía de Irlanda.

Según le había contado su propia madre, don Patricio -ya muy viejito- en el almuerzo solía inclinarse sobre el plato de papas y llorar desconsolado. Cuando le preguntaban por qué lloraba, el viejito decía que las papas le recordaban a su mamá y sus once hermanos fallecidos durante la Gran Hambruna, cuando la plaga del tizón arruinó año tras año las cosechas de papas, ocasionando la muerte de dos millones de irlandeses. "Lo bueno y lo malo viene de la papa", sentenciaba el viejo Piter. Si le preguntaban por qué insistía en comerlas, respondía: "Para llorar. Si yo no lloro por ellos, ¿quién lo hará?".

No tiene nada de extraño este interés de las personas ancianas por evocar a los muertos: tal vez sea un acto de preparación. Cuanto más envejece una persona, más vuelve sus ojos hacia quienes le precedieron en el camino de la muerte, hacia los recuerdos infantiles, hacia los familiares y amigos extintos, como el pobre Patricio evocaba a su familia arrasada por el hambre.

Conjeturan los estudiosos que la humanidad puede conservar por tradición oral unos doscientos o trescientos años de historia. Yo creo que puede evocar un período mayor, aunque se trata de recuerdos cada vez más imprecisos, hermanos del mito o la leyenda. La escritura nos ha hecho dependientes de las fuentes documentales: hemos perdido buena parte de la capacidad de evocación que debieron tener los pueblos ágrafos, a través de los relatos tribales, el culto de los ancestros y las formas embrionarias de historia contenidas en mitologías y narraciones totémicas. Privados los hombres de épocas remotas de las distracciones insustanciales del "hombre civilizado", el relato oral -en las largas veladas junto al fuego, o mirando las estrellas- debió asumir una importancia enorme. Los recuerdos poco a poco se magnificaban, y nacían los héroes y las epopeyas, inspirados en ancestros reales, pero convertidos en encarnaciones de virtudes grupales idealizadas.

¿Y qué virtud encarnaba el pobre Patricio, el hombre que lloraba sobre las papas allá en su ranchito del campo entrerriano? La más elemental de todas: la de sobrevivir.

Los hechos más relevantes que mi padre contaba de Patricio eran que había presenciado el asesinato de Urquiza y aquel asunto de las papas. Un asesinato político remoto que ya no conmueve y un viejo que vierte lágrimas sobre un plato de papas: a eso quedó reducida la larga y azarosa existencia de Patricio, sus penalidades y amores, sus tremendas luchas por sobrevivir y ser feliz. Sin embargo, cuando escarbamos un poco más, el denso y fragante y desgarrado material de la vida empieza a aflorar, y un plato de papas se convierte en el ominoso símbolo de la Gran Hambruna, y el asesinato de Urquiza pasa a ser una aventura extraordinaria.

Las listas de arribo de buques e ingreso al país y la memoria oral confluyen para reconstruir en mi mente la imagen del muchachito flaco, desgreñado, las ropas raídas, brindando al indiferente empleado de Migraciones los datos de identidad que todavía se conservan en el registro migratorio del puerto de Buenos Aires. El funcionario tradujo el "John Patrick" a "Juan Patricio", anotó fonéticamente Piter por el original Peters, y consignó como origen Montevideo, con la abreviatura "Mont.o", aunque este no era más que el puerto del último trasbordo, pues Patricio venía en realidad de Nueva York, pasando por Río de Janeiro. Había vivido en aquella ciudad el suficiente tiempo como para obtener la ciudadanía norteamericana, pero su lugar de nacimiento era Irlanda, tal vez cerca de Galway, en cuyas costas, muchos siglos antes, se desparramó por primera vez -como un regalo divino para los hambrientos- la papa, la llorada papa.

Fue a fines del siglo XVI, cuando apareció la papa en Irlanda, esa de la que provenía todo lo bueno y lo malo. La dominación Tudor causaba estragos; los clanes y baronías celtas habían sido arrasados; la aristocracia inglesa obligaba a los arrendatarios y a los miserables "cottiers" a sostener a costa de su sangre los usurpados beneficios rentísticos. Prohibieron el comercio que Irlanda mantenía con las "papistas" España y Francia; las huertas de los monasterios católicos fueron desmanteladas, y el campo arrasado en sucesivas guerras; la fe católica se convirtió en un impedimento de acceso a todo derecho a comprar, heredar o arrendar tierras, ocupar cargos, vivir a menos de cinco millas de una ciudad, educarse y ejercer una profesión. Los cronistas contemporáneos dieron cuenta de que los infelices irlandeses "no comen más que una vez al día, que suele ser por la noche, y lo que comen normalmente es mantequilla con pan de avena"; "no hay pan, ni carne de vacuno, ni pescado..."; "el pueblo comía carne si podía robarla, si no se alimentaba de tréboles y carroña, con una mantequilla que es repugnante de describir"... Fue en medio de esas penalidades que, en 1588, en inmediaciones de Galway, naufragó un navío español. En la cresta de las olas en que se debatían los náufragos, flotaban unas esferas desconocidas, escapadas de las bodegas y arrojadas por la marea contra la orilla. Los campesinos no tardaron en probarlas y saber que eran buenas, y aprendieron rápido a cultivarlas. Gracias a esas papas llegadas como un auxilio divino de América, los irlandeses pudieron sobreponerse a todos los intentos de Inglaterra por aniquilarlos. En las primeras décadas del siglo XIX, el gobierno británico volvió contra su colonia más cercana su arma más letal: el librecambio. Con ella arruinó lo que quedaba de la industria irlandesa y empujó a los trabajadores a la mendicidad. Pero gracias al tubérculo milagroso la población pudo sobrevivir y aún crecer, pasando de 5 millones de habitantes en 1801 a unos 8,5 millones en 1845. Entonces sobrevino el "mildiu" o "tizón", el hongo que destruyó la mitad de la cosecha de papas.

Los padres de Patrick, que era apenas un crío, consumieron la parte de cosecha sana y, cuando ésta se acabó, sacrificaron el único cerdo que tenían permitido criar en el minúsculo chiquero junto a su choza de piedra y que ya no podían alimentar. Lo mataron y consumieron para evitar que otros se lo robaran, ya que todo el país era recorrido por gente desesperada y hambrienta.

Sus esperanzas estaban cifradas en la próxima cosecha: sólo las papas podían salvarlos. Pero al año siguiente, la plaga fue aún peor y no pudieron rescatar ni una sola papa, ni una.

El precio de los cereales se fue por las nubes y el hambre se expandió sin que el gobierno inglés adoptara medida alguna para auxiliar a los hambrientos. Aquello debía resolverlo la mano invisible de Adam Smith, en combinación con el sabio equilibrio poblacional de Malthus: ni siquiera se aceptó una baja de impuestos y aranceles, para no restringir la Libre Circulación del Hambre y el Irrestricto Ejercicio de su Industria Tradicional a la Ilustre Empresaria de la Calavera y la Guadaña. La plaga pudo así, con singular éxito, llevar a la tumba por inanición a un millón y medio de irlandeses entre 1846 y 1851 y a medio millón más por el tifus, el cólera y la disentería, que constituían otros tantos logros admirables de la mano invisible.

La familia de Patrick no fue una excepción a la calamidad general. No tardaron en morir uno tras otro sus hermanitos, luego su padre, así como la mayor parte de los vecinos, volviendo una realidad palpable el sueño inglés de asentar sobre la verde Erin un paraíso de despoblación maravillosamente malthusiano.

Y lo más notable de todo es que, mientras los familiares y vecinos del pequeño Patrick morían como ratas, los puertos de Irlanda continuaban exportando, con destino a Inglaterra, terneros, ganado, tocino, jamón, arvejas, porotos, cebollas, conejos, salmón, ostras, arenque, miel, lenguas, pieles, semillas varias, y cantidades colosales de mantequilla, como para engordar los empurpurados mofletes de toda Inglaterra.

Patrick, siendo poco más que un niño de enjutas mejillas, ojos grises hundidos en profundas ojeras, nariz afilada que prometía volverse respetable con sólo que le suministraran material de relleno, y unas piernas flaquísimas, enfundadas en pantaloncitos que calificaban ventajosamente para harapos, habría muerto también él si su madre no lo hubiese tomado del brazo esquelético para llevarlo, con sus últimas fuerzas, hasta un barco repleto que estaba por partir, donde lo embarcó desesperadamente a Nueva York, sin despedirse, pues prefería no volver a contemplar nunca más los ojos de su hijo que retenerlo entre sus brazos y verlo morir de hambre como a los otros.

Desconozco por completo las tribulaciones de Patricio en los años siguientes. Debió recibir algún tipo de educación en las escuelas y asociaciones de los inmigrantes, pues sabía leer y escribir y llevar los números de una tienda, como lo demostró al confiársele años después al cargo de llevacuentas de Urquiza.

Al cabo de un tiempo se vio forzado a emigrar por segunda vez. El 12 de abril de 1861 los rebeldes confederados cañonearon el Fuerte Sumter, en Carolina del Sur, y Lincoln ordenó la incorporación de tropas. Presumo que mi ancestro, habiendo salvado el pellejo de la hambruna, no habrá visto con entusiasmo la oportunidad de morir en una guerra civil ajena. Decidió buscar alguna tierra donde los católicos no fueran una despreciada minoría y no hubiera riesgo de ser enrolado en una masacre. En el Río de la Plata, la Guerra del Paraguay aún no había sido declarada, y nada la hacía prever. Recaló, tras largo y dificultoso viaje, en otro verde país, el país de los "panzas verdes", la hermosa y nada malthusiana provincia de Entre Ríos, bajo el gobierno de esa suerte de déspota ilustrado que era su caudillo don Justo José de Urquiza, quien se jactaba de promover la inmigración y la reforma agraria a través de colonias campesinas.

Aquí nos topamos una vez más con la falta de datos para comprender cómo Patricio, llegado al Puerto de Buenos Aires, terminó en los alrededores de Concepción del Uruguay. Ciertos indicios llevan a suponer que fue descubierto entre los recién llegados y protegido por el cura Lorenzo Cot, sacerdote rubicundo y sonriente, que hablaba con fluidez varias lenguas y ejercía de capellán del General Urquiza, además de encargarse de gestionar personalmente la inmigración europea. Cómo lo conoció o de qué manera pudo contactarlo, es algo que ignoro. Lo que sí sé es que un vapor hacía el trayecto entre el puerto de Buenos Aires y el de Concepción del Uruguay en forma regular, y por esa vía fue embarcado Patricio a poco de arribar al país, como la mayoría de los inmigrantes suizos, valeses, saboyanos y piamonteses que se asentaron en las colonias entrerrianas.

Ese lento remontar del Río de la Plata y el río Uruguay, entre bancos de arena, islas fangosas y orillas de exuberante vegetación debió haber sido un viaje lleno de excitación y esperanzas. Los recién llegados se compenetraban a la fuerza con el principal personaje del resto de sus vidas: el río, el paisaje fluvial.

Mi ancestro debió permanecer en un rincón, solitario, en silencio, lejos de las familias de inmigrantes, sin dar otras muestras de vida que unas furtivas miradas a esa adolescente italiana que venía atravesando el mundo desde el puerto de Génova: la niña de ojos celestes "como un potrillito zarco", hija de una familia piamontesa, que luego de muchas vicisitudes terminaría por convertirse en su esposa.

Era una excursión hacia una tierra desconocida, una tierra de la que aquellas primeras familias sólo sabían lo que les prometía la propaganda de los agentes promotores de la Confederación argentina. Se conserva hasta hoy el pasquin escrito por el propio cura Lorenzo Cot en Basilea, en 1859, en el que cuenta -en ligeramente obsecuentes párrafos- cómo era la vida en la colonia experimental de San José. La misma había sido fundada con inmigrantes que originariamente se dirigían a Corrientes, pero fueron abandonados por el gobierno correntino en la región pantanosa de Ibicuy, entre camalotes, lampalaguas, yararás, mosquitos y aves zancudas. Urquiza se vio precisado a reubicarlos de urgencia, fraccionando sus propias tierras en la zona de las actuales San José y Colón, con el asesoramiento del agrimensor Tomás Sourigues y la administración del inmigrante republicano francés, antibonapartista, docente, publicista, masón y hombre de avanzadas ideas, Alexis Peyret[1]. Cuenta el cura Cot en su panfleto publicitario:

"Hay allí alrededor de 125 familias, de las cuales 15 son saboyardas, algunas suizas del Canton de Valais, otras de Lucerna, otras de Berna. Las tierras les pertenecen en propiedad, sin pagar renta ni impuesto alguno. Tienen que construirse su casa, cada cual según su gusto. El terreno ha sido dividido de tal modo que cada concesión tiene un punto más elevado y conveniente para edificar. Se encuentra madera en el bosque vecino, pero no muy buena; hay mejor en la isla del Uruguay, frente a la Colonia, y es gratis. Los colonos pueden comprar animales a quien y cuando les plazca. El señor General (Urquiza) los venderá a crédito. Pueden cambiarlos una y varias veces, si por casualidad los elegidos no les convienen. Pueden criar gallinas, palomas, patos, pavos y aun avestruces, cuyos huevos contienen tanta substancia como quince huevos de gallina. Caza no falta: patos y gansos silvestres, perdices, avestruces, pavos, vizcachas (animales muy inofensivos y fáciles de cazar al atardecer, de útil piel), carpinchos (animales anfibios del tamaño de una oveja, de buena carne, también fáciles de cazar). Las dos corrientes de agua que nacen en la colonia alimentan gran número de peces muy buenos. La pesca en el Uruguay es fácil y abundante. El terreno hacia el Este es encantador, con graciosas ondulaciones; se aplana al Oeste. El suelo es excelente, todas las plantas de Europa pueden prosperar allí. En la quinta del General hay olivos, higueras, nogales, manzanos, perales, ciruelos, cerezos, naranjos, limoneros, granados, membrillos, nísperos, damascos y varias especies de durazneros; todos crecen rápidamente. Lo mismo sucede con la viña, cuyo jugo alegra el espíritu del hombre. El

tamarindo, que suministra el bálsamo del Perú, se aclimata fácilmente. El señor General ha mandado hacer grandes plantaciones de álamos, sauces, pinos, araucarias excelsas. Los melones desmienten el proverbio que hay que probar cien para encontrar uno bueno, pues son todos de una calidad superior; de las calabazas y zapallos se puede hacer el mismo elogio. En diciembre de 1858, el trigo ha dado el 20, el 25 y aun el 30 por uno, según la calidad y el mayor o menor cuidado al arar la tierra. Un colono ha tenido la idea de sembrar cebada y obtuvo el 48 por uno. Hasta hoy solo se han sembrado papas blancas; se exhorta a llevar papas de otras especies. El maíz, las papas y las batatas se pueden sembrar dos veces por año y rinden en cantidad y calidad. Hay todo tipo de legumbres y porotos que producen casi todo el año. El algodón acaba de ser introducido con éxito. Varios colonos fuman o toman rapé del tabaco de su cosecha. Además del olivo, el nogal, el lino, se posee el maní, que da la mitad de su peso de aceite. El clima, es uno de los más sanos de América del Sur; el invierno es benigno, no nieva, las noches son deliciosas. Las lluvias duran poco, aun en invierno. Aunque llueva menos en verano y a veces pasen dos meses sin llover, no se debe temer a la sequía, debido a la calidad del suelo. Los colonos hacen pastar sus ganados en el bosque: los llevan de pastoreo por la mañana, y por la tarde un niño a caballo los va a buscar. Bueyes y vacas que siempre han andado libremente en el campo se amansan en pocos días. A los caballos se les ata en un poste plantado en tierra no lejos de la casa; varios colonos poseen cuatro o cinco; aun los criados los tienen de su propiedad. Las vacas dan leche abundante: la mayor parte de las familias poseen una docena, algunos veinte a treinta. No hay que desmontar la tierra, sólo cavarla, no hay ni árboles ni matorrales que desarraigar. Sólo la primera reja es penosa pues se trata de dar vuelta una tierra que ha sido pisada durante siglos por innumerables ganados. Hay tres o cuatro concesiones que tienen montones de piedras a flor de tierra, muy aptas para edificar, pero en las otras concesiones podría buscarse en vano una piedra. Para hacer ladrillo sólo se necesitan 24 horas de cocción por la calidad de la tierra. Hay cuatro manantiales que todas las familias pueden aprovechar sin necesidad de cavar pozos profundos. La gente del país bebe agua de las lagunas; es muy sana. Aparte de algunas víboras, muy escasas, más escasas que en Europa, no hay animales peligrosos. Los lagartos huyen en cuanto sienten que alguien se aproxima; su grasa es buen remedio contra las cortaduras. Hay también comadrejas, y zorrinos que no hacen otro mal que obligar a torcer la nariz. En el bosque vecino hay abejas oscuras, de miel excelente; sus panales no son de cera. El General ha dado y continuará dando millones de gajos, plantas, etc. sacados de su quinta. La ciudad de Concepción del Uruguay es donde los colonos venden la mayor parte de la leche, hortalizas, etc. El señor General ha hecho construir de su peculio la iglesia. Hay también un colegio donde se da, a expensas del Estado, pensión a los alumnos todo el año. Por la facilidad de la exportación e importación, ninguna Colonia es tan favorecida como la de San José. Hay ya sastres, zapateros, herreros, carpinteros de carros, de barcos, de obras blancas, albañiles, un molinero con un molino, un panadero, un relojero y un calderero, pero faltan muchos oficios a que puede dedicarse el colono. No hacen falta herradores porque no se hierran los caballos. Hay también un algebrista y una pequeña farmacia en donde los remedios se echan a perder porque nadie los necesita. Hay dos despensas de café, azúcar, vino, aguardiente, géneros, y un poco de todo. La venta de sal y de tabaco no está monopolizada por el estado. La población del campo en la Confederación Argentina es tan cortés y tal vez más caritativa que los campesinos europeos. Se ofrece de todo corazón, y si usted tiene una medalla o un escapulario o una estampa para regalar a la madre de familia o a sus hijos, lo convierten en el ídolo de la familia. La religión del Estado es católica; los argentinos tienen mucho respeto por la religión y sus ministros. Pero en casi todas las ciudades más importantes, sobre todo Santa Fe y alrededores, se encuentran inmigrantes luteranos, calvinistas, anglicanos, etc. Se puede viajar de noche y de día sin temer delitos. Basta lo expuesto para que el *cultivador tenga confianza y valor y busque para él y sus hijos una vida menos penosa y un porvenir más feliz. Los colonos de San José no han tenido más que palabras de agradecimiento para el General Urquiza, por su lealtad, bondad, solicitud y generosidad para con ellos."*[2]

Entre la hambreada Irlanda y este festival de comestibles, esta verdadera cornucopia que nos pinta el cura Cot, no había lugar para dudar demasiado.

Llegado a Concepción del Uruguay, Patricio no siguió, como los otros inmigrantes, el camino a la Colonia San José. Le ofrecieron una ocupación allí, en la zona del Palacio San José (¿tal vez el cura Cot?). Habrá visto partir a la piamontesa de ojos celestes en una carreta, rodeada de una docena de familiares, no sin jurar buscarla en cuanto estuviera asentado.

Ignoro el detalle de los trabajos y afanes de Patricio en esos sus primeros años entrerrianos. Urquiza, ya retirado de la política nacional activa, se concentraba en los asuntos de su provincia. Sabemos que, por recomendación del padre Cot, el joven Patricio llegó a ser distinguido como una suerte de asistente, un colaborador del caudillo. Esto afirmaba mi padre, pero su conocida tendencia a exagerar me obligó a confirmar el dato con mi tía Beatriz, que respondió por messenger desde New Jersey: *"Aparte de hablarse de esto siempre en la familia y de habérmelo contado mi mamá cuando era niña, yo misma lo he corroborado casualmente años más tarde, cuando un entrerriano que conocí en Santa Teresita me refirió la misma anécdota: mi bisabuelo fue asistente de Urquiza y testigo de su asesinato; varias veces intentamos documentar la historia en el museo del Palacio San*

José, pero no tenían registros de los empleados de esa época". [3]

Era un muchacho, pero una foto posterior lo muestra con facciones regulares, bien alimentado, mirada inteligente, prolija barba y melena oscura, sombrero símil borsalino de fieltro negro y ala recta, chaqueta y moño oscuros y un aire melancólico.

Relata la tradición que se estableció en una de las colonias que Urquiza promovía en las inmediaciones de su hogar, el Palacio San José. Pero antes vivió en varias estancias, controlando, por orden del General, las cuentas de los mayordomos. Aprendió a hablar muy bien el español. Se dice que más de una vez comunicó a su patrón algún entuerto con los números de las administraciones de las estancias, que el "vencedor de Caseros" dejó pasar, porque uno de los capataces, que le robaba, un tal Nicomedes Coronel, era un uruguayo de mala entraña recomendado por un general oriental, y Urquiza no quería desairar al padrino.

-No se haga problema, don Piter. Usted júnteme la información y cuando llegue el momento veremos-, le dijo Urquiza.

Patricio se paseaba de tanto en tanto por Colonia San José, tan primorosa y pintoresca como había contado el cura. Un día se armó de valor y se presentó en la pequeña chacra que habían montado los padres de Luisa Carnevale, la piamontesa de ojos celestes, para cortejarla y pedirla en matrimonio. Se encontró con la ingrata sorpresa de que había sido casada con un viejo piamontés. No se sabe cuántas ginebras consumió Patricio ese día, pero no fue en la Colonia San José, ya que Alejo Peyret, su administrador, había prohibido la venta de alcohol en todo el pueblo y sus inmediaciones. Debió haberse mamado en alguna lejana pulpería, en medio del campo, entre peones y arrieros.

Seis meses más tarde, Patricio buscó consuelo casándose con otra italiana, casualmente también llamada Luisa, a quien conoció en uno de sus viajes de inspección a las estancias de Urquiza. Este matrimonio de despecho fue castigado por la mala suerte. Tuvieron una hija, a quien llamaron María (nombre luego dado a mi abuela), pero no sobrevivió al primer año de vida. Y tras la niña, murió poco después su madre.

Patricio se hizo frecuentador del Palacio San José, pues asistía al viejo militar en diversos menesteres. Fue en una de esas visitas que le tocó presenciar el abominable crimen.

En sus tiempos de esplendor, era aquel un palacio de cuento, en el que el ex Presidente recibía a embajadores y dignatarios, rodeado de jardines y estatuas, de macizos de flores y arboledas, de plantas y animales exóticos (que incluían dos pumas enjaulados en el jardín delantero); con sus treinta y ocho habitaciones hermosamente amuebladas; con su capilla corintia y su cúpula pintada por el maestro Blanes, donde podía oír los edificantes sermones del padre Cot, su fiel capellán, sin salir de la intimidad familiar; con sus columnas toscanas y sus perspectivas vagamente renacentistas; con sus azulejos traídos de Francia; con sus patios silenciosos ornados de bustos de generales de la Antigüedad, para meditar en grandezas pasadas; con su lago artificial surcado por la resignada quilla de un barco, confinado allí por mero capricho, sin más utilidad que pasear a los invitados en las noches de fiesta; con sus incontables lienzos registrando los triunfos militares y otros episodios de autobombo; con su finísima vajilla europea –algunas colecciones llevaban pintado, en el fondo de los platos, el retrato del dueño de casa, en un colmo del narcisismo, pues los invitados se veían obligados a contemplar el rostro de su anfitrión al terminar la sopa–;

con su salón de espejos y su sala de juegos y apuestas – Urquiza era experto timador y tahur-; con sus habitaciones y baños abastecidos por un sistema de agua corriente que era entonces una completa novedad en el país (la orgullosa Buenos Aires tardaría todavía quince años en habilitar las primeras instalaciones sanitarias); con sus altas torres para otear el porvenir esperanzador, y con sus pasadizos subterráneos y secretos, que desembocaban –¡hay que creer en la leyenda!- a más de un kilómetro de los edificios, para eludir el asalto de posibles enemigos. Mágica residencia de caudillo en tren de retiro, de viejo general cansado de las batallas, de ex presidente dedicado a envejecer, aunque sin dejar de intervenir del todo en los asuntos públicos.

La esposa de Urquiza, Dolores Costa, poco afecta al mundanal ruido, paciente soportadora del centenar de hijos naturales que su insaciable cónyuge había desparramado por toda la provincia (eso sí, dándoles a varios su apellido), era una buena señora que tenía por costumbre ayudar a los colonos. Al enterarse que Patricio y su mujer habían tenido familia, les regaló, como era su costumbre, todo el ajuar para la recién nacida y algunas herramientas de campo.

Ese lunes de Semana Santa de 1870, Patricio concurrió al Palacio San José, no por motivos laborales, sino para agradecer a la esposa del caudillo su generosa atención. Las notas de un piano se desgranaban lentamente bajo la caricia de los delgados dedos de Lola, la hija preferida del General, y de su hermana Justa, quienes solían tocar a dúo hermosas composiciones clásicas. Urquiza, absorbido por la música, permanecía sentado en un sillón o hamaca, tomando mate bajo una de las amplias galerías, meditabundo, como se lo veía últimamente, luego de la reciente visita del Presidente de la República, Domingo Sarmiento -su antiguo enemigo-, a quien había agasajado en ese mismo Palacio y llevado a conocer las colonias agrícolas de los alrededores. En esas veladas, tramaron una alianza ofensivo-defensiva frente a Mitre, el presidente anterior, quien los hostigaba a ambos con toda la parafernalia de los localistas porteños y los masones complotados y su diario La Nación convertido en letrina de denuestos. El ministro del Interior, Vélez Sarfield, había escrito recientemente a Urquiza: *"Por lo que he oído, V.E. no debe estar sin una buena guardia en su casa"*. Flotaban en el aire rumores de un posible contubernio de Mitre con los enemigos de Urquiza para asesinarlo. Un rosarino le escribía: "Por un amigo que asistió en Buenos Aires a sesión de masones donde se trató del viaje del Presidente a Entre Ríos, sosteniéndose la idea de que si el Presidente buscaba la alianza de las provincias (...) y *emanciparse del dominio de Buenos Aires, debían ponerse a todo trance los medios necesarios para evitarlo.* Entre los varios propuestos, fue (...) *deshacerse por todos los medios posibles de V.E."*. Urquiza meditaba en todo esto, allí, sentado mate en mano en la galería, y se negaba a prestar crédito a los rumores que sindicaban a su ahijado Ricardo López Jordán como el cabecilla de la conspiración en la provincia. No podía creer que aquel hombre, a cuyo padre él había salvado del fusilamiento cuando Rosas ordenó su ejecución, a quien había encumbrado y promovido, cuyos estudios en Europa había pagado de su peculio, y cuya Estancia del Arroyo Grande el propio Urquiza le había regalado como muestra de afecto, fuera ahora a aliarse con sus enemigos. ¿Cómo podría aliarse con Mitre si este lo había querido fusilar después de la rebelión de Basualdo? Y, aun cuando no actuara de acuerdo con Mitre sino por ambiciones y diferencias propias, tampoco podía ser cierto que lo quisiese matar...

-*López Jordán tenía la catadura del traidor* -describiría años después Justa Urquiza de Campos, hija del general-. *De labios estrechos como el filo de una daga, nariz de aguilucho y ojos pequeños, nunca miraba de frente. En repetidas ocasiones le habían anunciado que lo asesinaría, y poco antes del 15 de abril, estando yo presente, al preguntarle Tata sobre tales amenazas, contestó: "¡Como puede creer mi general tal ignominia!"*

Mucho menos quiso creer Urquiza otra infidencia según la cual López Jordán planeaba, no sólo matarlo a él, sino a sus vástagos varones, para despejar el camino del poder. ¡Si sus hijos Justo y Waldino eran amigos del alma de Ricardito, y se frecuentaban desde la más tierna infancia! ¡No había en toda la provincia un solo hombre que se animara atentar contra su vida o la de sus hijos! Y menos ahora que él, cansado de guerras, no representaba una amenaza para nadie; sólo quería estar allí, en San José; su tiempo de ambición y poder había pasado. Pensaba, quizás, que todo era vanidad de vanidades, como enseña Salomón, y que ahora sólo le restaba envejecer en su provincia, mientras la República seguía su camino sin necesidad de tutor. (Siempre viene bien Salomón para reflexionar sobre la vanidad de la vida, sobre todo cuando se es viejo y se ha disfrutado de honores y placeres que otros no han tenido...)

Así lo vio a la distancia mi tatarabuelo Patricio, mientras se despedía de la gentil esposa del general. No imaginaba que sería uno de los últimos en ver a Urquiza con vida. Luego montó a su caballo y partió. No había hecho más que unos pocos minutos de marcha cuando, al dejar atrás las altas arboledas, le llamó la atención la nube de polvo que se levantaba más adelante en el camino, indicando la presencia de una cincuentena de jinetes. *"Mi madre me contaba que uno de los paisanos que venían con la partida era conocido suyo"*, me escribe mi tía, *"y Patricio le preguntó al pasar"*.

"-¿Hace falta que vuelva?"

"-No, amigo Piter", le respondió el paisano, *"ni se le ocurra, son asuntos nuestros con el General"*.

Se hizo a un lado. Recordaría después que iban armados, hoscos, silenciosos, exhibiendo ya en las caras obstinadas y graves la férrea decisión del crimen, la fascinación del magnicidio. Pero en un primer momento no lo quiso creer, porque había visto en aquella partida a varios allegados a Urquiza, a quienes conocía y que tenían con el viejo general deudas personales de gratitud. ¿O no iba entreverado con ellos el cordobés Simón Luengo, a quien Urquiza había sacado de una cárcel en Córdoba, pagando su fianza y dándole refugio en Entre Ríos? ¿No estaba también el uruguayo Nicomedes Coronel, el capataz deshonesto, perseguido de la justicia, a quien Urquiza había confiado la administración de sus estancias "San Pedro", "Santa Rosa" y "Santa Cándida", apadrinando a varios de sus seis hijos, y que iba tarde de por medio a tomar mate con su patrón al Palacio San José?[4] Después se supo que todos ellos eran acólitos de Ricardo López Jordán, descontentos con la sumisión de Urquiza al poder central. Algunos creen que sus agasajos a Sarmiento no fueron ajenos a la venganza de los viejos federales entrerrianos[5]; otros, que intervino una mano insidiosa de afuera de la provincia[6], tal como había anunciado el poeta José Hernández, cuando escribió, en su apología del Chacho Peñaloza: *"Tiemble ya el general Urquiza; que el puñal de los asesinos se prepara para descargarlo sobre su cuello, allí, en San José, en medio de los halagos de su familia, su sangre ha de enrojecer los salones tan frecuentados por el partido unitario"*.[7] Tanta exactitud en el vaticinio no parece casual, desde que el propio autor del "Martín Fierro" era un estrecho colaborador de López Jordán, y luego de consumado el asesinato le escribiría, lleno de alegría: *"Es una justicia tremenda y ejemplar del partido (federal) otras tantas veces sacrificado y vendido por él."*

Patricio tuvo un mal presentimiento y decidió regresar, pese a la advertencia del paisano amigo. Para que no lo vieran, tomó una picada lateral que atravesaba el monte.

Pero ha llegado el momento que le ceda la palabra a mi padre para que termine de explicarnos la aventura.

En una de nuestras visitas a los parientes y paisajes entrerrianos, Hugo me llevó al Palacio San José y se puso a explicarme in situ el asesinato de Urquiza tal como, según él, lo había contado Patricio.

Como veía mucho cine norteamericano, y además poseía una frondosa imaginación, no es posible saber si ese relato tenía algo de cierto. Empezó a hablar en voz alta y haciendo grandes ademanes a medida que se entusiasmaba.

Al cabo de un rato se formó a nuestro alrededor un pequeño grupo de turistas y curiosos, bajo la mirada hostil de los verdaderos guías, mientras mi padre me contaba:

-Mi bisabuelo Patricio oyó algunos disparos que no provenían del Palacio sino de un puesto de guardia que intentó rechazar la partida. Apuró la marcha, se apeó del caballo e ingresó por los fondos corriendo. Por allá, ¿ves? Quería alertar del peligro. A medida que avanzaba por los patios, la servidumbre lo miraba pasar desprevenida, ya que era un visitante usual. Preguntó por el General sin verlo, y de pronto vió por esa ventana de allá...

(Los presentes y yo seguimos con la vista su dedo índice).

-¿Esa ventana?

-Esa misma, ¿ves? Ahí la vio a la mujer de Urquiza, doña Dolores. Ese era el cuarto de costura, pegado al zaguán que une el segundo patio con el patio principal. Ella hablaba con su madre, que era una viejita, y con otras mujeres, mientras le daba el biberón a Cándida, la beba de la familia. En eso se oye un ruido infernal de caballos que se acercaban por aquel patio gritando: "¡Muera Urquiza y viva López Jordan".

(Los curiosos que escuchaban a mi padre contuvieron la respiración).

-¿Y Patricio qué hizo?

-Bueno, él se metió en el cuarto de costura, diciendo: "¡Señora Dolores, peligro, escóndase!"

Haciendo la mímica consiguiente y señalando uno por uno los lugares de las distintas escenas del drama, mi padre explicó que los asesinos habían sorprendido a Urquiza con la guardia baja, sin darle tiempo a organizar su defensa. Como esperaba a unos arrieros que debían llegar esa tarde desde Nogoyá, en un principio no se alarmó al oír en la entrada del fondo movimientos de caballos; pero después resonaron en los patios del palacio caballos que avanzaban atropellándolo todo, disparos y gritos, y ya no le cupo dudas de qué se trataba.

-Podría haberse atrincherado en aquella torre -dijo mi padre señalando la edificación-, o huido por pasadizos secretos, pero no iba a dejar entregadas a manos de los forajidos a su mujer y a sus hijos. Avisó a Lola y Justa que venían a matarlo y fue a buscar un arma a esta habitación de acá, ¿ves? Las chicas lo siguieron, pasando por esta puerta interior. Urquiza tomó un rifle y abrió fuego sobre uno de los conjurados gritando: "¡No se mata así a un hombre en su casa, canallas!"

El grupo de turistas que escuchaba el relato de mi padre crecía y crecía, mientras él seguía representando con su habitual histrionismo el asesinato del caudillo en el patio del Palacio. Contó que, en medio de la batahola, otro de los asesinos le acertó un tiro de revólver en el rostro, bajo el ojo izquierdo (se señaló en lugar de la herida en su propia cara), y fue rematado ya en el suelo con cinco puñaladas, asestadas entre los brazos de su hija Lola, que intentaba socorrerlo. (Los curiosos pusieron cara de horror). Luego mostró, entre murmullos de los presentes, la marca ensangrentada de una de sus manos en la pared, donde todavía permanece como testimonio.

-¿Y Patricio?

-Cuando Dolores oyó los disparos y los gritos de sus hijas, ella dijo a mi bisabuelo: "Llevese a la niña al otro patio y ocúltela con la servidumbre porque van a matar a todos mis hijos". Ella salió del cuarto de costura y fue en auxilio de Lola y de Justa que gritaban con los vestidos ensangrentados sobre el cadáver de su padre. Así que mi bisabuelo se llevó a la beba oculta bajo el saco, en medio de caballos que corcoveaban, hasta que pudo meterse allá, ¿ves?, en el cuarto de cocina, donde había unos diez sirvientes aterrorizados. Y escondió a la beba entre bolsas de grano.

El resto de la noche, según mi padre, fue de verdadero terror. Como Lola había abierto fuego sobre los asesinos de su padre, uno de ellos quiso violarla, pero Luengo se lo impidió. Justa ocultó a los pequeños en la torre en construcción. Una de las niñas se escondió de una espada desenvainada debajo de un sofá. Patricio, sin atreverse a salir de la cocina, escuchó durante horas que los matadores discutían en el patio, a la luz de la luna, qué hacer con la gente del Palacio, si matarlos a todos o sólo a los familiares. Luego se lanzaron a saquear las joyas, lo cual los mantuvo entretenidos. En determinado momento Simón Luengo entró a la cocina y, sin reconocer a mi tatarabuelo, ordenó que le llevaran la cena al comedor. Cuando lo hicieron, se encontraron a Luengo sentado tranquilamente a la mesa, en la silla del dueño de casa.

Ese mismo día -continuó relatando mi padre-, caían asesinados en Concordia, a considerable distancia, Waldino y Justo, hijos adultos de Urquiza. El primero era Comandante de las Milicias; con engaños, fue tomado prisionero en su casa, cargado sobre un caballo, llevado al cementerio y atravesado a lanzazos. El segundo era jefe político en esa ciudad, y estaba en un hotel jugando cartas con quienes suponía amigos, y que traidoramente lo sujetaron de los brazos y lo apuñalaron en el pecho; luego pusieron su cadáver en una bolsa, lo ataron a la cola de un caballo y lo arrastraron por las calles para tirarlo en un bañado del arroyo Yuquerí.

Todo esto contó papá mientras los visitantes del Palacio se aglomeraban a su alrededor para escucharlo emocionados y los guías lo observaban con fastidio. Cuando terminó el relato, hasta lo aplaudieron y quisieron darle una propina, en la creencia de que era personal del Palacio.

Sabiendo que Hugo era un hábil cuentero, no le creí ni la mitad de las cosas que dijo, aunque varios detalles resultaron ser ciertos. Pero ¿los había oído en la tradición familiar o solamente lo había leído en algún libro de historia y adaptado al mito de Patricio para montarme aquel espectáculo y de paso asombrar a los turistas? ¡Qué personaje era Hugo!

No está claro cómo continuó la saga de Patricio en los años que siguieron: época de enormes convulsiones en la Provincia de Entre Ríos. Lo seguro es que logró salir con vida del Palacio al día siguiente, cuando los asesinos se retiraron. El cadáver de Urquiza fue trasladado a la casa de su hija Ana, para evitar que fuera vejado en medio de un estado de conmoción y terror. También Patricio debió sentirse aterrorizado, por su cercanía al muerto y porque había sido testigo de los hechos, aunque pocos lo sabían. Los colonos, en general simpatizantes de Urquiza, vivieron penosas incertidumbres acerca de la tenencia de las tierras, ya que algunos de los matadores de Urquiza eran famosos por su odio a los extranjeros, y el gobierno que fugazmente asumió López Jordán parecía empeñado en borrar hasta el último resto de urquicismo. Ya fuese por miedo o por descontento hacia las posturas políticas de Urquiza, las autoridades locales en todos los departamentos callaron y bajaron la vista para no ser objeto de represalias. Aunque López Jordán negó su responsabilidad en los crímenes, en el discurso que pronunció al hacerse elegir gobernador, en la Legislatura, llamó a los asesinos de su antiguo protector y padrino: "patriotas que se decidieron a salvar las instituciones".

Patricio se mantuvo escondido por un tiempo. Para colmo de adversidades, fue por esa época que su hijita enfermó y murió y al poco tiempo quedó viudo, como hemos dicho. El padre Lorenzo consiguió que la viuda de Urquiza se acordara de él y le diera unos trabajos para sobrevivir. Estaba muy agradecida. Tiempo después (y una vez más debo advertir que desconozco la veracidad de este relato sospechosamente cinematográfico), lo llamó para decirle:

-Vea, don Piter, no tenemos mucha gente de confianza en estos tiempos, y usted se mostró leal en esa noche espantosa y ayudó a ocultar a Cándida. Yo le prometo que sabré recompensar su lealtad, a pesar de las dificultades económicas que tiene la familia en estos momentos. Pero ahora debo pedirle otro favor que requiere el más absoluto secreto. El padre Lorenzo me aseguró que usted no dirá jamás una palabra. Vaya con él, se lo ruego.

Fueron al cementerio fuera de hora y en el mayor de los sigilos. El padre Lorenzo Cot le dijo que no tuviera temor, que estaba todo dispuesto para actuar con rapidez: "Si no hacemos esto ahora, vendrán a ultrajar sus restos porque los ataques de los jordanistas son cada vez peores", explicó el cura. Exhumaron el féretro de Urquiza y lo trasladaron por la noche hasta la Basílica Inmaculada Concepción. Allí, lo depositaron en una cripta secreta, escondida en un doble fondo tras otra cripta vacía. En ese lugar permaneció por ochenta años sin que se tuviera noticias de su paradero. Patricio no dijo jamás a nadie, ni siquiera a sus hijos, el secreto de la ubicación exacta de los restos del general.

Después de cumplir ese encargo, Patricio y el cura Lorenzo se fueron a pasar la noche a la Colonia San José, para que nadie sospechara de sus movimientos. En el camino, el cura dijo:

-Usted es como un hijo para mí y me enferma verlo solo. Es pecado que desperdicie su vida sin tener otros hijos. ¿Se acuerda de la italianita esa de ojos celestes que tanto le gustaba? ¿Por qué no va a visitarla? Sabrá que ella también ha enviudado sin hijos.

Patricio no lo sabía. No había querido volver a preguntar por ella. Su amor por la joven seguía intacto, pero no estaba en su mejor momento económico.

-No se preocupe por eso, la señora Dolores no lo va a desamparar- dijo el cura.

Y así fue cómo se reencontró con Luisa Carnevale.

Y esta vez sí se casó con ella

La Provincia de Entre Ríos fue intervenida por el gobierno central mientras se desataba una guerra contra los partidarios de López Jordan. No hemos podido documentar cómo se ganó la vida Patricio en esos primeros tiempos de su segundo matrimonio, pero nos cuentan los memoriosos que doña Dolores le dio una buena concesión en Colonia Caseros para que tuviera su chacra y jamás quiso cobrarle una sola cuota del precio.

También sabemos, por las atestaciones de los registros parroquiales de la Iglesia de Nuestra Señora de los Dolores en la villa de San Justo, próxima al Palacio San José, que tiempo después aparecen referencias a un tal Juan Pitter o Juan Patricio Piter o simplemente Patricio Pitter, quien resulta ser el mismo Patrick cuyos pasos venimos rastreando con dificultad. El irlandés figura en algunos de aquellos registros como de nacionalidad "norteamericano", esposo de Luisa Carnevale. Este matrimonio fue feliz y tuvo varios hijos, de los cuales figuran en el registro Agustín, nacido en 1881, Tomás, en 1883, mi bisabuelo Roberto, en 1886, Emilia Justa, en 1888, y Francisco, en 1890.

Patricio, el sobreviviente, y Luisa, la genovesa de ojos celestes, alcanzaron una edad muy avanzada, bendijeron los casamientos de sus hijos y vieron crecer a sus nietos. Lo cual es mucho más de lo que cualquier inveterado optimista hubiese vaticinado a aquel esquelético niño irlandés.

Durante un tiempo se recordó cierta boda festejada "a todo trapo", para las posibilidades económicas de dos familias campesinas pobres, allí, en Colonia Caseros. No faltó el sabrosísimo asado con cuero que un viejo y experto gaucho, contratado para la ocasión, preparó sabiamente durante siete u ocho horas, echándole pacientes baños de salmuera hasta dejar la carne exquisita, crocante por fuera, delicadamente tierna por dentro. Los invitados, impulsados por generosa ingesta de vino, bailaron hasta la madrugada.

La boda fue entre el hijo mayor de Patricio, Agustín, y una joven italiana llamada María Margarita Thea.

Entre los más empeñosos danzarines de viejas polkas (que todavía no llegaban a convertirse en chamarritas), estaba el hermano del novio, mi bisabuelo Roberto Piter, de poco más de veinte años. Era un jovenzuelo de cabello corto, ojos transparentes y pequeños, cara angulosa y pronunciada nariz. Invitó a bailar a la hermana de la novia, María Cándida Carolina Thea, hija de Jose Thea y Carolina Cagnoli, una linda y modesta jovencita. Allí mismo quedaron enamorados.

Poco después, el 3 de marzo de 1910, se casaron ellos también. Mi bisabuelo contaba 24 años y mi bisabuela 20. Los testigos de la boda fueron los anteriores contrayentes, Agustin y Maria Margarita. Uniones cruzadas entre hermanos y hermanas de familias vecinas eran cosa frecuente. La limitada vida social en parajes campesinos propiciaba estos matrimonios intrafamiliares.

La familia Thea pertenecía al grupo de italianos que décadas antes había llegado desde Génova, piamonteses o lombardos: un género de colonos muy apreciados por sus excelentes disposiciones agrícolas, respecto de los cuales había escrito el Inspector Nacional de Migraciones, Guillermo Wilcken, en su informe al Congreso Nacional: *"Son incansables en el trabajo, de buenos hábitos y de una sobriedad reconocida. Desde el día mismo de su instalación van a lo positivo, trabajan para ganar dinero y extender sus tierras. Con estas ambiciones casi siempre consiguen su objeto. Nadie los aventaja en aptitudes, pero rara vez se preocupan de embellecer su propiedad, mejorarla y darle comodidades. Llegan a la fortuna y habitan el mismo rancho primitivo, se alimentan de la misma sopa y visten el mismo traje que cuando apenas ganaban para el sustento. Claro está que existen excepciones, y algunos italianos sobrepasan a los suizos y franceses. El colono italiano, agricultor, no debe confundirse con los inmigrantes sueltos que pululan en Buenos Aires. Es aseado y de buen trato. Contribuyen a la prosperidad y progreso del país"*[8]. La acotación despectiva respecto de los italianos "que pululan en Buenos Aires" se debía a que estos últimos no respondían a las expectativas gubernamentales de constituir mano de obra agrícola: preferían permanecer en la ciudad, formando un incipiente –e inquietante- proletariado urbano, que bien pronto daría lugar a fenómenos indeseados por las autoridades, como el cocoliche, los conventillos, los sindicatos, el socialismo y el temido anarquismo.

La unión de Roberto Piter y María Cándida Carolina Thea ha quedado documentada en una fotografía conmemorativa, que muestra a Roberto como un joven fornido, de cabello corto claro y ondulado, poderosos y exagerados mostachos, nariz grande y recta, orejas sobresalientes, pómulos y mandíbula muy marcados; viste saco oscuro bien entallado, prendido sólo en el ojal superior, y camisa blanca con cuello redondo y elegante moño; la esposa, por su parte, es bastante más menuda, de tez mediterránea y ojos oscuros, sombreados por ojeras, cutis terso, cabellos lacios y morenos recogidos; lleva vestido de mangas largas con una faja bordada en torno a la cintura y un primoroso encaje en torno al cuello; ella posa su mano izquierda en el brazo derecho de él; ambos apoyan sus manos libres en los respaldos de sendos asientos. Sobre los medios de vida de mis bisabuelos, me escribe mi tía Beatriz: *"El abuelo era granjero, trabajaba la tierra, tenía también algunos caballos y vacas, no sé si la tierra era suya o la arrendaban, sí sé que eran pobres".*

Engendraron seis hijos: mi abuela Beatriz María, el 25 de setiembre de 1910 (la mayor), Aurora, Juan Carlos, Ricardo Isidro, Abelardo, Marta y el benjamín, Irineo. A casi todos ellos los he conocido de niño, y conservo un recuerdo nítido, aunque ya hace muchos años han fallecido. A Marta no la conocí, pues murió antes de cumplir los veinte años, a causa de una dolencia que pudo haber sido viruela, pues tanto mi abuela Beatriz como Aurora contrajeron esa horrible enfermedad, aunque lograron sobrevivir milagrosamente.

Ya hablaré de mi abuela y las vicisitudes de su vida. De los otros, puedo referir aquí muy breves apuntes. Además de mi tío abuelo Juan Carlos, el del bandoneón y el bote de Gualeguaychú, los que mantuvieron relación más frecuente con mi padre fueron Aurora e Irineo. Aurora se veía con mi padre hasta su fallecimiento a muy avanzada edad; en sus últimos años quedó ciega. Era una mujer muy delgada y nerviosa, de voz atiplada (en mi imaginación infantil producía involuntarias asociaciones con la novia de Popeye). Compartimos muchas reuniones familiares. Recuerdo vivamente que tenía la particular costumbre de tratar a mi padre como si fuera un chico, dándole indicaciones en tono sumamente imperativo. Me sorprendía que él, quizás por costumbre heredada de la infancia, pareciera obedecerla dócilmente, o al menos evitara contradecirla, no sin disgusto de mi madre. Tuvo tres hijas con dos maridos. Con su primer pareja, un señor de ascendencia turca, mantuvo una relación más que tormentosa. Contaba Hugo que Irineo la fue a visitar y la encontró amordazada y atada a una silla por el turco, quien, en paños menores, se disponía a blandir un rebenque.

-¿Así tratás a mi hermana, hijo de puta? -dijo Irineo.

-Es que no obedece- respondió el turco.

Irineo revistaba a la sazón en el Ejército, y apelando a las más genuinas tradiciones sanmartinianas, enarboló el sable reglamentario. Momentos después todo el vecindario pudo asistir al espectáculo de un turco corriendo en calzoncillos por la calle mientras un militar de escaso pelo lo perseguía surtiéndole sanmartinianos planazos en el lomo.

El segundo marido de Aurora, Miguel Musset, fue un verdadero señor, muy allegado a mi padre, muy laborioso, con habilidades en diferentes oficios, adquiridas en una larga vida de trabajo. Tenía siempre, para contar, historias de su paso por la Patagonia, territorio por el que sentía verdadera fascinación, y de sus experiencias como personal embarcado en buques mercantes. Ayudó a construir la casa en que ahora vivo, y murió muy anciano. Conservo de él un cariñoso recuerdo, pues fueron muchas las horas que pasamos hablando de viajes patagónicos y de libros de historia, a los que era muy afecto. La lectura había entretenido sus largas jornadas a bordo, frente a los acantilados del Atlántico Sur.

El pobre Miguel sufrió una de las inconmensurables distracciones de mi padre, quien había heredado de mi abuelo Victorio una capacidad infinita para olvidarse de las cosas. Un sábado al mediodía, Miguel pasó por el negocio de Hugo a charlar. En algún momento fue al baño. Hugo no lo notó, cerró el negocio y se fue. Dos horas más tarde, mientras terminábamos de comer en casa, se presentó un señor muy asustado en un automóvil.

-¿Usted es el dueño del negocio de máquinas de coser?

-Si, ¿qué pasó?

-Hay un señor muy viejito encerrado allí. Yo pasaba y me golpeó la vidriera desde adentro y me mostró un cartel escrito a mano donde pedía que le avise a usted y estaba anotada esta dirección.

Así se salvó de quedar un fin de semana entero preso en el local.

Irineo, el del sable vengador, era un hombre corpulento, excedido en carnes, de rostro rubicundo y encendidas mejillas y de cabeza brillantemente calva: su cráneo y su bigote traían el inevitable recuerdo de ciertos mamíferos marinos. Cuando dejó el Ejército se dedicó al comercio de máquinas de coser en la ciudad de La Rioja, que en los años de mi infancia era poco más que una aldea remota. Admiraba grandemente al entonces gobernador y más tarde presidente Menem, de quien solía referir innumerables anécdotas caudillescas. También tenía gran inclinación por las señoritas, que alegraban su soledad en las siestas provincianas, o al menos sobre eso solía hacerle bromas mi padre.

Pero es tiempo de que me ocupe de los Garin., la rama paterna de la estirpe de Hugo. Para explicar los motivos por los cuales éstos debieron abandonar su tierra natal, debemos retroceder en el tiempo y trasladarnos al viejo continente, donde asistiremos imaginariamente a una tentativa frustrada de magnicidio, de inesperadas consecuencias políticas en la Alta Saboya y todo el sur de Francia.

CAPITULO 6: UN REBELDE SABOYANO EN LAS COLONIAS DE URQUIZA

Partamos para la América, compañeros emigrantes.
En esta República no hay tiranos.
La libertad querida está más allá de los mares.
Vayamos a buscar la vida en otro universo.
La Europa infortunada rebosa de habitantes;
el pan de la jornada escasea.
Pero la tierra fecunda del globo americano
procura a todo el mundo trabajo y pan.
Creador de la tierra, dadnos buena suerte
y un viaje próspero para llegar al puerto.
Dadnos la constancia de una penosa labor
en que la perseverancia será nuestra dicha.
Luis Gard, poeta suizo.

Papá solía decir que el primer Garin que llegó a la Argentina se asentó en cercanías del Arroyo de la China (Concepción del Uruguay); que venía del sur de Francia y que era vasco francés. También aseveraba –sin pruebas concluyentes- que era el primo pobre de aquel Garin a quien cupo el honor de dar su apellido a la localidad homónima. Esto último es una florida invención sin otro fin que vincular nuestra estirpe a algún antiguo terrateniente. Mis ancestros no tuvieron relación con los Garin del pueblo que lleva ese nombre, el cual se llama así por un vasco, natural de Guipúzcoa: el Capitán don José Antonio Garin (1717-1783), cuyo mayor mérito ante la posteridad fue contraer enlace con la hija del dueño de esas tierras, sin fundar población alguna; apenas dejó como legado una roñosa tapera, que los paisanos llamaban "de Garin", denominación que se adoptó al establecerse la estación del tren. Mi padre era muy hábil para contarnos historias legendarias de un primo rico que nunca existió fundando un pueblo que no fue fundado y cuyo nombre se debió a la escasa imaginación de la gerencia ferroviaria.

Descartado este mito, no por eso deja de haber material para las fantasías frondosas, que consideran meritorio tener ancestros más o menos ilustres, aunque hubiesen ganado su celebridad perpetrando toda clase de crímenes. Entre los nobles de origen francés que participaron en la remota Edad Media de la reconquista de España al servicio del emperador cristiano, las antiguas crónicas mencionan a un tal Garin, duque de Lorena, quien dirigió una fuerza de cuatro mil hombres y murió en la guerra; su cuerpo fue enterrado en Belín -departamento de la Gironda-, al lado de "Oliveros, Gandelbodo, rey de Frisia, Ogier, rey de Dacia, Arestiano, rey de Bretaña, y otros muchos", y está sepultado entre los santos a los que se debe rendir culto en el Camino de Santiago, según afirma la guía del peregrino jacobeo. Tengamos presente que entonces se consideraba "santos" a los asesinos que mataban en nombre de la fe cristiana, así que no debemos llamarnos a engaño sobre la feroz catadura del duque. Este personaje protagoniza además un antiquísimo cantar de gesta, el poema francés "Garin. le Lorrain" (s. XII), muy anterior a la Canción de Rolando, una de las narraciones más sanguinarias legadas por los trovadores medievales, abundante en episodios siniestros, asesinatos y venganzas entre dos familias rivales. Por suerte, los Garin que yo he conocido no heredaron ninguna de las belicosas inclinaciones de aquel noble ni mataron a ningún rival: sólo comieron un gran número de chanchos en las cenas navideñas.

Cuando yo era chico y voraz lector, encontraba siempre en las listas de la Editorial Sopena a un tal Nicolás Garin, escritor ruso, autor de novelas sobre la infancia y estudiantinas, que además era ingeniero y participó en la construcción del ferrocarril Transiberiano en tiempos del zar Nicolás II. Por suerte mi padre no supo nada de esto, porque de lo contrario nos habría inventado, a mi hermano mayor y a mí, en las siestas de verano, alguna historia sobre un ancestro ruso tendiendo vías en la estepa, para mayor perplejidad de futuros genealogistas.

Algunos estudiosos sostienen que Garin es un apellido vasco, que supuestamente significaría "trigal" o "entrada al trigal". Existe una localidad Garin en el País Vasco español, y otra homónima en la Alta Garona, en los Pirineos franceses. El País Vasco francés fue una de las principales fuentes de emigración francesa a América: hay, pues, cierta base –además de la idiosincrasia obstinada– para sostener la sangre vasca pretendida por mi padre. En los diccionarios de apellidos de Francia se nos dice que Garin es de origen germánico y deriva de la palabra que significaba "protección", y es utilizado en Rhône-Alpes y en la Alta Saboya. En Aragón hasta tendría escudo propio. Hay Garin en Italia, Rusia, Alemania, Chile y Filipinas. No faltan los Garin judíos sefaradíes: en los años treinta del siglo XX, un hebreo llamado Shlomó Garin compró tierras en el desierto y fundó una ciudad de Israel, donde un barrio lleva su apellido.

Mi tía Beatriz me dijo que el primer Garin, aún admitiendo que tuviese sangre vasca, no provenía del País Vasco Francés sino de la Alta Saboya, y había llegado al país como perseguido político. Condenado a la guillotina por conspirar contra Napoleón III en tiempos del Segundo Imperio, sólo los ruegos encarecidos de su mujer lograron que el Emperador se conmoviera y conmutara la pena de muerte por la de destierro. Todo está envuelto en vaguedad legendaria, como corresponde a sucesos tan remotos, y suena más romántico que un ancestro cantinero o proxeneta.

Hace poco, visitando una fiesta de colonos en San José, encontré la relación detallada del origen de cada familia de esa zona, y resultó que era verdad –al menos en parte- lo afirmado por mi tía. Los Garin provenían de Saint Jean d'Aulps, pequeña aldea montañesa de la Alta Saboya –hoy concurrido centro de esquí alpino-, a escasa distancia del mítico Mont Blanc y a no muchos kilómetros de Ginebra, ciudad inconformista, patria de Calvino y de Juan Jacobo Rousseau. Poco después, mi sobrino Alan, que vive en Francia, se acercó a Saint Jean d'Aulps y pudo corroborar la versión familiar y hasta consultar los libros de nacimientos.

Vayamos por un momento a París, al frío atardecer del 14 de enero de 1858. Era un París muy distinto al actual: estaban en pleno desarrollo los monumentales planes urbanísticos del barón Haussmann, que transformarían por completo la ciudad medieval, en medio de un gran auge económico que entusiasmaba a la burguesía. En el teatro de la Rue Le Peletier –predecesor de la actual Ópera de Garnier- estaba anunciada la representación de "Guillermo Tell", de Rossini, y se aguardaba la asistencia del Emperador Napoleón III -llamado maliciosamente por Victor Hugo "el pequeño"- y su esposa Eugenia, apodada "la española". Tal vez esa pieza independentista y de autor italiano no era una elección muy afortunada, ya que precisamente en aquellos tiempos existía en Italia gran enojo hacia el emperador de Francia, debido a su oscilante política exterior, que retrasaba la unificación de la nación peninsular. Muchos eran los políticos y patriotas italianos que recordaban claramente cómo Napoleón III, cuando todavía era Luis Bonaparte, sobrino de Napoleón, había residido en territorio italiano e integrado una logia de carbonarios, en cuyas sesiones secretas prestó solemne juramento de trabajar por la unidad e independencia de Italia y en contra de la dominación austríaca, so pena de pagar con su vida el perjurio. El gobierno de Napoleón III no había hecho honor, hasta entonces, a aquella promesa terrible de su juventud. Y los masones no perdonaban.

Los curiosos aguardaban el paso del carruaje imperial. Nadie había reparado en un grupo de italianos de sombrío aspecto, embozados en gruesos abrigos, acaudillados por un hombre de altiva figura, noble frente despejada y tupida barba de revolucionario. Se trataba del patriota nacionalista Felice Orsini, antiguo camarada del Emperador, carbonario recalcitrante, viejo partidario de Mazzini, veterano de la primera guerra de independencia italiana, espía, conspirador, anticlerical, ex preso político, ex diputado, e ingenioso diseñador de bombas. Precisamente en este último carácter había viajado a Inglaterra, donde un armero fabricó para él, siguiendo sus modelos, seis bombas con detonadores de impacto a base de fulminato de mercurio: dispositivo infernal que desde entonces lleva su nombre y ha sido muy estimado por los terroristas.

Al pasar el carruaje imperial con custodia y comitiva, en el que apenas se divisaba el rostro afilado del Emperador, Orsini y sus secuaces arrojaron los explosivos. El primero detonó junto al chofer; el segundo despanzurró los caballos, e hizo estallar los cristales de la carroza; el tercero explotó bajo la cabina, lesionando gravemente a un custodio;

las esquirlas volaron en todas direcciones, y cuando la conmoción pasó, en medio de los gritos de los espectadores y los relinchos de los caballos en agonía, pudieron contabilizarse ocho cadáveres y 142 heridos. Lo irónico del caso es que la pareja imperial salió ilesa, mientras que Orsini resultó herido en la sien por su propia bomba. Al día siguiente lo detuvieron en una posada; fue enjuiciado y rápidamente condenado junto a sus cómplices. Murió en la guillotina el 13 de marzo de 1858. Uno de sus secuaces también fue ejecutado. Otro, condenado a perpetuidad a trabajos forzados. Un cuarto, a quien aguardaba la guillotina, recibió una inesperada conmutación de pena a prisión en la Isla del Diablo, de la que fugaría tiempo después.

¿Qué papel jugaron los G en todo esto? Muy pronto dijimos que el primer Garin había sido condenado a muerte y luego desterrado por Napoleón III, según antiguos relatos familiares, pero no ha sido así. Aunque hubo un apellido similar entre los complotados, de la rama italiana de la familia, nunca fue condenado y pudo escapar a Saboya. Las investigaciones que pudimos hacer nos indican que Napoleón III ya había dejado de gobernar Francia, derrotado en la guerra franco-prusiana, cuando se produjo la sublevación que terminó con la condena a muerte y conmutación a destierro de mi ancestro, pariente del conspirador mencionado. La memoria familiar ha confundido dos personas distintas. Sin embargo, las vicisitudes de mi tatarabuelo tuvieron su origen en aquella invernal y aciaga tarde parisina, y como consecuencia del atentado de Orsini.

Napoleón III era un personaje maquiavélico. El atentado no sólo aumentó su popularidad, sino que le brindó la oportunidad de convencer a la opinión pública para un giro sorpresivo de su política exterior, presentando como inevitable el apoyo a la causa italiana y aprovechando para hacer un importante negocio de adquisición territorial. Permitió que se publicara la carta que le dirigió Orsini antes de ser ejecutado, en la que le decía: "Recuerde Vuestra Majestad que los italianos, entre los que se encontraba mi padre, derramaron por doquier su sangre con alegría por Napoleón el Grande y fueron leales hasta el final". Convocó a Cavour, mano derecha de Víctor Manuel II, (rey de Piamonte-Cerdeña y duque de Saboya y de Génova) a una conferencia secreta en los Vosgos. Arribaron a un acuerdo mutuamente provechoso: Francia apoyaría la reorganización de Italia contra los austríacos, y si era necesario contra el mismo Papa. A cambio, Francia obtendría la cesión de los territorios piamonteses de Niza y Saboya. Así se manejaban los asuntos territoriales: países enteros se repartían en una mesa de negociaciones, y el deseo de los habitantes era menos relevante que la cáscara de un maní.

Desde el tiempo de los romanos, Saboya había conservado cierto carácter independiente como región de paso, cruce de caminos y una isla de seguridad protegida por los Alpes, entre Estados enemigos que la codiciaban. Era un bello y áspero territorio vecino a Suiza y el Piamonte; en su zona norte se ubicaba la Alta Saboya, con la bonita Annecy –una de las ciudades más hermosas de Francia–, como su capital; país montañés, de accidentado terreno alpino, con más de sesenta aldeas situadas por encima de los mil metros, con elevados picos, ventisqueros, lagos y desfiladeros, antiguas ruinas feudales en las cimas de los peñascos, grises monasterios y ermitas inmemoriales. La abnegada población estaba hecha a las rudas labores de la montaña. Su peor momento había sido tras la Revolución Francesa, cuando fue invadida durante veintitrés años por las tropas francesas. Allí comenzaron las primeras migraciones de saboyanos, hartos de tropelías, conscripciones y levas. Bajo la paternalista égida de Víctor Manuel I, de la Casa de Saboya, la región intentó recuperar su antigua tranquilidad, hasta que el acuerdo de Napoleón

III y Victor Manuel II dispuso del territorio como moneda de cambio, de manera tan vergonzosa que lo firmado debió permanecer en secreto hasta el año 1928.

¿Qué pensaban los franceses de los saboyanos, esos "brutos montañeses"? Lo testimonia un panfleto que circuló en París diez años antes de la anexión: "Extranjeros, los Saboyanos, inundan la capital. Esta tribu invasora está causando un gran daño al país. ¿No es hora de ponerle fin y detener este torrente que se desborda en Francia? El gobierno debe proteger a la clase trabajadora. (…) Hay 94,000 Saboyanos en Francia. Son económicos, ganan mucho y gastan poco; (...) ¿De qué sirven los Saboyanos? ¿Qué industria trajeron a Francia? (…) En todas las estaciones de trenes: en todas partes: ¡Saboyanos! El banco, el Tesoro, mensajería, venta de hoteles, todas las principales instituciones: los saboyanos en todas partes (…) En Saboya, llaman a Francia su California. ¡Expatriate tú mismo, francés! ¡Dales paso a los Saboyanos! (…). Si no estuvieran allí, no veríamos más trabajadores sin libros, ni más sirvientes sin un lugar, ni más vagabundos..." En suma: los problemas sociales y el desempleo en Francia eran culpa de... ¡los saboyanos! La vieja fórmula, tan conocida en nuestro propio país, de culpar a los inmigrantes. El diario L'Illustration, Journal universel, París, 1860, publicó una caricatura mostrando a los saboyanos como roñosos ocultos bajo capas geológicas de mugre que debían ser lavados antes de aceptarlos como ciudadanos franceses, bajo el lema humorístico: "Francia lava a sus nuevos hijos para verlos." En los diccionarios franceses se definía: "Saboyano: hombre sucio, tosco y brutal, la palabra Saboyano se usa con desprecio[9]"; "hombre rudo y grosero"[10]; "campesino burdo, barrendero de la chimenea, utilizado como un insulto en el siglo XIX[11]."

Es obvio que ser un mero accesorio de una adquisición territorial negociada en una mesa de póker, entregados a un Estado que los despreciaba, no fue motivo de jolgorio entre los saboyanos, que quedaron divididos en dos regiones: la Saboya y la Alta Saboya. Napoleón III se las ingenió para hacer pasar todo como un "respeto al principio de las nacionalidades", implementando un referéndum amañado, bajo ocupación militar, sin papeletas para votar por el "No", y con la amenaza de enviar a los opositores a los campos de castigo de la Guyana. Este gran logro de la democracia gala, que habría hecho revolcarse a Rousseau en su tumba, le permitió mostrar al mundo que los saboyanos consentían entusiastas la anexión. Luego serían despojados hasta de su dialecto, el arpitán, antigua derivación del latín, y se impondría una administración burocrática, a cargo de funcionarios forasteros que actuaban como conquistadores, bajo nuevas leyes que desconocían las costumbres. Todo ello generó un clima de insurrección.

Otro tanto ocurrió en Niza, que entonces se llamaba Nizza y era la tierra natal de Garibaldi. La ciudad, culturalmente italiana, fue anexionada por los franceses en 1860, después de la firma del Tratado de Turín. También allí se celebró un plebiscito fraudulento, seguido de la "franquización forzada", prohibiendo la lengua italiana, imponiendo la francesa y cerrando todos los periódicos.

En 1871, tras la derrota francesa en la guerra franco-prusiana, se producen sublevaciones en Saboya y en Niza. En la primera, el pueblo impugna el plebiscito fraudulento de 1860, exigiendo nuevas elecciones, a lo que responde Francia enviando diez mil soldados. Niza logra organizar elecciones, ganadas ampliamente por el partido antifrancés de Garibaldi, que copa las calles al grito de "¡Viva Niza! ¡Viva Italia! ¡Muerte a los franceses!". El gobierno francés, encabezado por el incombustible conservador Thiers –el mismo que arrasó a sangre y fuego la Comuna de París– envía también allí diez mil soldados y aplasta la sublevación. Represalias, encarcelamientos, deportaciones y exilios. Las sublevaciones se repitieron en 1873 y en 1875, y Thiers se mostró inflexible, masacrando a centenares de insurrectos.

En una de las innumerables sublevaciones, intervino un joven labriego que había seguido la carrera militar, dispuesto a promover un motín que ayudase a liberar a su patria saboyana. Se llamaba Francois Garin, mi tatarabuelo.

El soliviantado Francois había nacido poco más de tres décadas antes. Estaba casado con una joven campesina llamada Marie Francoise Gorge, un año menor que él, y era padre de cuatro pequeños. Desde comienzos del siglo XIX los jóvenes saboyanos, para evitar la conscripción en los ejércitos franceses, se casaban adolescentes y tenían muchos hijos; pero Francois no había logrado impedir que lo enrolaran, y cumplía funciones militares que, entre otras cosas, tenían por misión mantener a raya a sus propios paisanos. Sería imposible determinar hoy la naturaleza y el carácter del motín de que formó parte, ni si estuvo o no influido por su pariente, el remoto conspirador antibonapartista que había logrado escapar de la guillotina; pero no debe extrañarnos que se sublevara él también en el clima rebelde que siguió a la anexión. La intentona salió mal, los amotinados fueron derrotados y sus cabecillas condenados a muerte, debido a su estado militar.

La tradición familiar quiere que la joven Marie haya recorrido innumerables despachos de las autoridades francesas cargando sus hijos para intentar conmover a los funcionarios, rogando, llorando y humillándose, hasta que pudo conseguir que la pena de muerte fuese conmutada por la de destierro.

El joven matrimonio tomó la decisión de emigrar a América, a una zona donde, como sabemos, se habían afincado muchos saboyanos, valenses, suizos y piamonteses.

No era raro que los Garin pensaran en aventurarse a la desconocida Entre Ríos, pues circulaban en los valles alpinos toda clase de historias, provenientes de la correspondencia que los colonos ya establecidos enviaban a sus parientes europeos. *"A las numerosas familias inteligentes y laboriosas, dotadas de una buena constitución física, que saben sacrificar el placer de la ciudad y el amor del país por el orden y el trabajo, yo les digo: Venid con confianza y sin temor, pues un porvenir floreciente os espera"*[12], escribía Germain Lonfat en 1879. El colono Pierre Michel Command escribia el 2 de noviembre de 1873: *"Aquí la gente llega a vieja, no tenemos la nieve para pisar todo el invierno. Estamos bien. Jamás hemos tenido miedo por nuestras vidas. Lo que me apena es no haber venido antes a América, en lugar de ocuparme de las vacas allá y llenarme de deudas. Aquí no debo nada a nadie. No nos rompemos los dientes con el pan negro, no comemos más que lo hecho a la sombra sobre la mesa y no tenemos miedo de que se termine. La carne es barata."*[13] Juan Bautista Blatter, inmigrante valesano, escribía en 1857: *"Aquí estamos en un hermoso país; el clima es mucho más sano que en Valais. (...) Yo no me arrepiento ni un día de haber partido (...) Las gentes del país son afables y buenas, en sus casas o cabañas de gauchos (...)"*[14]. Por su parte, Joseph Bonvin escribía a Suiza: *"...Mi concesión es muy bella, toda de buena pradera. No se encuentran ahí ni piedras ni malezas. Tenemos agua al costado de nuestra casa. Lo que se ha plantado crece bien, excepto las cepas de viñas que habían muerto antes de llegar"*[15].

A ello debía sumarse la situación desesperada en la región y la escasez de tierra, trabajo y comida. *"Yo creía encontrar en este valle un pueblo dichoso, pero, a pesar de sus sudores y de sus fatigas, la tierra que ellos habitan no puede nutrirlos –escribía* un sacerdote a sus superiores-. *Yo soy su pastor y busco conducir mi rebaño a un mejor campo. (...) Se necesita coraje para conducir a un pueblo a través de los mares inmensos, pero es necesario tener más coraje para vivir en medio de un pueblo desdichado y nutrirse de sus despojos"*[16].

En contraste con un Estado conquistador que los despreciaba, los colonos saboyanos eran recibidos con los brazos abiertos en Entre Ríos, se les brindaban facilidades de todo tipo para adquirir tierras, semillas, herramientas y animales de cría y de tiro, y no tardaban en prosperar. La valoración positiva de las autoridades argentinas se refleja en las palabras del Inspector Nacional de Migraciones Guillermo Wilcken: *"Son (los saboyanos) muy inteligentes, y tiene el colono francés la ambición laudable de llevar el amor a lo bello hasta el arte y el de las comodidades hasta la confortabilidad. Posee el don especial de convertir en adorno de la casa del jardín, de la huerta, hasta los objetos y utensilios más rústicos e informes, siendo apasionado cultivador de árboles frutales. El viajero observador distingue desde lejos el establecimiento de un francés colono sin necesidad que nadie se lo indique. Algunas familias tenían pequeños capitales que oscilaban entre 5 y 20.000 francos"*[17].

Resultaba también muy eficaz la propaganda de los agentes de emigración de la región del Plata, que recorrían los valles en Italia, Francia y Suiza distribuyendo afiches y prospectos. Las autoridades responsabilizaban en 1860 a estos agentes del despoblamiento de los valles; la culpa no residía en el desgobierno generado por la anexión francesa sino en la supuesta acción de estafadores. En 1873 la Comisión Departamental alertó "sobre las proporciones considerables que toma la emigración" y "las consecuencias desastrosas para la agricultura"; y el Prefecto local se quejaba al Gobierno: *"En el tiempo que era provincia pobre y desolada se comprendía que los habitantes fuesen tentados (...) Pero hoy, gracias a la Anexión, o mejor dicho, gracias a la plata de Francia, la Saboya ha salido de ese estado de olvido"*: Según este buen señor, algunas agencias de emigración estarían dirigidas por peligrosos radicales separatistas, enemigos de Francia. Siempre hay que buscar la culpa afuera antes que reconocer los fracasos propios.

Fue así que Francois Garin de 35 años, su esposa Marie de 34 años, su hija Francoise de 12, su hijo Joseph de 7, su hija Marie de 6 y su hija Philomene de 2 fueron anotados en la lista de espera para ser trasladados al Río de la Plata en cuanto hubiera plazas disponibles en algún buque.

Lograron embarcarse en el navío "Bourgogne" en el puerto de Marsella, arribando a Buenos Aires meses después, el 27 de noviembre de 1883. El mismo vapor que antes había trasladado a don Patricio Piter los llevó hasta el Puerto de Concepción del Uruguay, en el río de los pájaros, desde el cual se dirigieron a la Colonia Caseros, donde unos conocidos y familiares ya habían iniciado los trámites pertinentes para que pudieran comenzar una nueva vida.

La provincia a que llegaron los Garin se encontraba en pleno desarrollo agrícola. La política inmigratoria de Urquiza había sido un éxito, respaldada por la Constitución Nacional, la reforma agraria provincial y la fundación de instituciones educativas de primer orden, como el Colegio Nacional de Concepción del Uruguay, que distribuía becas en todo el país y de cuyas aulas surgieron presidentes y ministros. Se había fraccionado la tierra para dedicarla a la agricultura. Mientras muchas regiones del país siguieron entregadas al latifundio ganadero, en las provincias de Santa Fe, Entre Ríos y Córdoba se llenó de granjas y de colonias que, en breves treinta años, contribuyeron a que la Argentina pasara de importar granos a convertirse en uno de los principales exportadores del mundo.

Los Garin vieron ese auge al arribar a Caseros. Todo era movimiento y actividad; los campos estaban trabajados y se veía familias campesinas por todas partes. Desde 1853, Urquiza había fundado o apoyado la fundación de la Colonia Agrícola Militar de Las Conchas en el río Paraná, con vascos españoles; la Colonia Esperanza, con familias francesas y alemanas, en Santa Fé; la colonia bonaerense de Baradero, de colonos suizos; la Colonia Agrícola Militar en Bahía Blanca; la Colonia de San José, que ya conocemos por las referencias exaltadas del padre Cot, y muchas otras. Para comienzos del siglo XX, Entre Ríos podría jactarse de 163 colonias de italianos, suizos, franceses, alemanes, rusos, judíos (los célebres "gauchos judíos" de Alberto Gerchunoff). Convivían nacionalidades y religiones. No sin razón, Peyret había sistematizado sus experiencias, recomendando "escoger con mucho cuidado las familias", que deberían estar formadas por "verdaderos agricultores" y que no sólo evidenciasen una "laboriosidad en grado relativamente superior", sino también cualidades intelectuales "exentas de la superstición y el fanatismo" religioso[18].

En su primigenia colonia de San José, Urquiza subdividió el campo en 200 lotes ("concesiones") de 16 cuadras (poco más de 25 hectáreas) cada una. No se regalaban, sino que se vendían con amplias facilidades. Cada familia recibió adelantos de dinero para cubrir el pasaje y sus primeras necesidades, y útiles de labranza, semillas, animales y alimentos, todo ello reembolsable en cinco años mediante la tercera parte de la cosecha.[19]. Alejo Peyret ("el inteligente e ilustrado caballero a quien el General entregó su administración", en palabras de Wilcken[20]) introdujo ideas municipalistas y democratizadoras. Aunque las tierras se daban en propiedad individual, implicaban el deber de residir y cultivar personalmente el lote; de contribuir con su trabajo personal para la apertura o limpieza de caminos, mantenimiento de lugares públicos, etc.; de aceptar los reglamentos de convivencia; de someterse a las decisiones disciplinarias de la administración (que hasta podía expulsar a los colonos que no trabajaran o alteraran el orden); la prohibición de enajenar las parcelas sin autorización; la prohibición de bebidas alcohólicas, etc. Los colonos participaban en la administración a través de una comisión de cinco miembros electos por voto secreto.

Ese movimiento de gente en los campos que contemplaron los recién llegados Garin se debía a que todos trabajaban, incluyendo mujeres y niños. El trabajo infantil era considerado normal, y las autoridades tenían muchas dificultades para lograr que los niños abandonasen los campos para recibir escolaridad. Las invasiones de ganado destruyendo las siembras de los gringos constituían una gran preocupación para Peyret, en tiempos en que no se había difundido el cerco de alambre. Había permanentes conflictos con los propietarios de ganado y los arrieros, acostumbrados durante siglos a recorrer libremente los campos con sus animales. No hay registros de crímenes sistemáticos contra los colonos, salvo una serie de asesinatos extraños en colonias judías. Las relaciones con los paisanos eran respetuosas, pero no faltaba algún gaucho malo, evadido de la justicia. Urquiza hizo circular leyendas, que se escuchan hasta hoy, según las cuales, si capturaba gauchos matreros hostilizando las colonias, los hacía degollar inmediatamente en los fondos del Palacio San José.

El modelo de San José fue replicado en las colonias

1º de mayo, Hugues, San Juan, San Anselmo, Hocker, El Carmen; etc. Y hasta hubo experiencias radicales, como el "Falansterio Durandó", inspirado en las enseñanzas del socialista utópico Charles Fourier. Fundado en 1888 por el inmigrante valesano Jean Joseph Durandó, en las doscientas hectáreas que compró en Hugues, era una colonia socialista basada en el trabajo universal y creativo. Se suprimió entre los asociados el dinero, la explotación y la división entre trabajo intelectual y físico, urbano y rural, campesino e industrial. El falansterio logró la autosuficiencia, con sus sembradíos, huertas, invernaderos, viñedos, colmenas y árboles frutales; sus talleres de herrería, carpintería, zapatería y sastrería; su fábrica de carretas, chatas y sulkys; su horno de ladrillo; su molino harinero impulsado a vapor; su bodega de vinos y depósito de chacinados; su red de luz artificial a gas, baños con agua corriente, molino de viento y depósito para 10.000 litros de agua; su escuela de primeras letras, artes y oficios, en la que los niños recibían una educación bilingüe francés-español, a la vez teórica y práctica; su notable compañía de teatro dirigida por el artista alemán Kurt Welk, y su orquesta de música muy reconocida que brindaba conciertos en toda la zona.[21] Durandó, además de socialista, era místico y afirmaba estar en comunicación directa con "le Grand Pere" (Dios). También era curandero y curaba por imposición de manos y yuyos. Se decía que había curado así la parálisis de su esposa. Sus enemigos difundieron todo tipo de leyendas, como que los miembros de la colectividad eran esclavos, porque no cobraban salarios, o que al morir Durandó, en 1916, sus adoradores lo mantuvieron siete días sin enterrar, descomponiéndose a la espera de la resurrección prometida...[22]

Fuera bajo el modelo del trabajo familiar o bajo los ecos del socialismo utópico, lo cierto es que en el curso de pocas décadas el país sufrió una transformación radical. A fines de siglo llegó a tener el ingreso per cápita más alto del mundo, sobre la base casi exclusiva de la expansión agrícola. La población se cuadruplicó en cuarenta y cinco años. Y aunque buena parte de la inmigración se asentó en el puerto de Buenos Aires, no fue así en Entre Rìos, donde predominó la población rural[23]. Pronto llegaron las trilladoras a vapor y otras maquinarias que reemplazaron los arados a mancera, el pico, la pala y la azada que había visto Garin al arribar a la zona. El administrador de un establecimiento en Villa Elisa, en 1894, informa que "ha comenzado la faena de la siega o corte de trigo (…), trabajan en ésta 300 máquinas segadoras, (…) cuéntase con 6 máquinas trilladoras (…) Los colonos apúranse a emparvar para trillar lo más rápido posible. (…) Siéntese la escasez de personal para los trabajos de cosecha en que en este tiempo son bien remunerados los peones y jornaleros"[24]…

Los Garin no se establecieron en ninguna de las colonias de Urquiza, sino en una creada por su viuda Dolores Costa, bautizada Colonia Caseros en evocación de la principal batalla de su difunto marido. La mujer se había visto obligada a este nuevo fraccionamiento de sus campos, en parte por continuar con la obra colonizadora y en parte para afrontar las pérdidas generadas por el asesinato de Urquiza. La nueva Colonia fue establecida en los alrededores del Palacio San José, y comenzó a poblarse rápidamente con italianos y franceses.

Los Garin, como todos los colonos que iban llegando, fueron alojados en construcciones precarias linderas al Palacio, hasta que recibieron sus parcelas y pudieron edificar su casa. Al principio, al verse habitando unas barracas toscas con decenas de otras familias, Francois dijo a su mujer:

-Nos engañaron una vez más.

Pero Marie le respondió que tuviese paciencia, que sabía de otras familias que habían recibido muchas hectáreas.

Llegó el día en que le entregaron 25 hectáreas mensuradas y cercadas, cuatro bueyes, dos vacas lecheras, un caballo, útiles de labranzas, semillas, y alimentos para un año. Le hicieron firmar un contrato por el que se comprometía a pagar el precio en tres cosechas más un interés, con descuentos si adelantaba pagos. El escribano le hizo saber que tenía también la obligación de plantar eucaliptos. Casi era demasiado bueno para ser verdad.

No hacía mucho tiempo que los Garin se habían afincado en Colonia Caseros –luego conocida como pueblo de San Justo-, cuando se anunció oficialmente que ya se había superado los mil habitantes. Alrededor del terreno destinado a plaza central se erigían, todavía tímidamente, casas particulares, tiendas y almacenes de ramos generales, una escuela, una botica, una comisaría, una herrería, una destilería, una panadería… Los colonos solían reunirse allí, pese a la rusticidad del pequeño pueblo, viniendo de sus campos a caballo o en ligeros y ágiles sulkys que podían atravesar los peores fangales. La alegría reinaba cuando la cosecha de maíz y de trigo había sido buena, o cuando se habían parido muchos terneros. Una manga de langostas podía sumir a toda la Colonia en un estado cercano al luto.

En 1887, durante la visita del Presidente Juárez Celman a Concepción del Uruguay, Dolores Costa lo invitó a visitar su Colonia y colocar la piedra fundamental de la futura iglesia. Francois, como otros colonos, a instancias de su esposa, hizo un modesto donativo para la construcción. El templo fue consagrado a Nuestra Señora de los Dolores, en honor a la fundadora, e inaugurado el 1 de mayo de 1893, aniversario del Pronunciamiento de Urquiza. Poco antes, doña Dolores había solicitado al Gobierno provincial que se declarara la naciente villa como pueblo; y aunque no se cumplían todos los requisitos exigidos por la ley, era muy difícil para las autoridades denegar un pedido de la viuda de Urquiza.

Es en los asientos parroquiales de esta Iglesia que se encuentran registrados el casamiento de mis bisabuelos Piter- Thea y Garin -Dominutti, y los nacimientos de los hijos de ambos matrimonios, incluyendo mi abuela Beatriz Piter y mi abuelo Victorio Garin; quienes también contrajeron nupcias ante ese mismo altar muchos años después.

La historia de los Garin pasa así a desenvolverse íntegramente en tierra argentina. El desventurado rebelde saboyano Francois Garin desaparece como tal para convertirse en el laborioso campesino vecino de San Justo, en Colonia Caseros, cuyo nombre, castellanizado a Francisco, se menciona en los registros parroquiales del matrimonio de sus hijos y de quien no hemos podido averiguar, en tierra argentina, aventuras comparables a su condena a muerte francesa. Suponemos que debió optar por el más saludable y pacífico anonimato, y todas las noticias que nos llegan se refieren a sus descendientes.

Ya dije que Francisco y su esposa María migraron con hijos pequeños, entre los que se contaba, con unos nueve años al momento de su arribo, mi bisabuelo José Luis. Desde los primeros años de su nueva vida en América, Francisco y María debieron sentir renovado su entusiasmo, pues a poco de instalarse en Colonia Caseros la joven mujer dio a luz a su cuarto hijo, Ambrosio, el primer argentino de la familia, llegado al mundo en 1885, que justificaba la fama de vasco por lo retobado y porfiado.

De acuerdo a los libros parroquiales, en que el diligente cura de la Iglesia de Nuestra Señora de los Dolores de San Justo bendice con invariable optimismo católico y letra perfectamente legible los matrimonios de sus feligreses, podemos sostener que José Luis Garin - el pequeño Joseph Louis ya considerablemente crecido, aunque sin dejar de ser de baja estatura-, francés de 26 años, nacido en 1874, contrae primeras nupcias el 23 de abril de 1900 con mi bisabuela Angela Dominutti, italiana de veintitrés años, nacida en 1877, oficiando como padrinos Juan M. Garin y Filomena Garin, que no son otros que los hermanos del novio, Jean Marie y la pequeña Philomene, compañeros de la travesía transoceánica.

El flamante matrimonio se establece en unos campos que desde entonces cultivan con empeño. Mi madre, que los conoció ya ancianos, refiere que mis bisabuelos eran personas muy trabajadoras, de cuerpos menudos, no obstante lo cual Ángela reveló una poderosa constitución que le permitió parir doce hijos corpulentos en el piso de ladrillo de su casa, en medio del campo.

Cuando un hijo nacía, Ángela anunciaba el venturoso suceso a su esposo, familiares y vecinos izando un pañal a modo de bandera al extremo de una larga caña tacuara en el patio de la vivienda. José Garin, desde el otro extremo del campo, descansaba un momento sobre el surco, se secaba la frente y pensaba con satisfacción que podía contar con dos nuevos brazos para trabajar la tierra, aunque fuera una boca más que alimentar. De esta manera, sin partera ni comadrona ni pariente que la asistiera, mi bisabuela parió a las siguientes personas luego registradas en el libro de bautismo por la misma diligente y católica caligrafía del cura párroco: Francisca María ("Mary", 1900), Juan Pedro Cándido (1901), José (1903), Emilio Clemente David (1905), Victorio Adolfo (mi abuelo, 1907), Marcelo (1909), Plácido (1910), Blas (1912), Lila (1914), Lucía Elisa (1915), Angel Gabriel (1917), Angela (1918), Domingo (1919), Ema (1920, quien falleció muy jovencita). Despúes del doceavo hijo, mi bisabuelo José se dio por satisfecho: tenía mano de obra suficiente.

Conocí personalmente a algunos de esos doce. Además de mi abuelo Victorio, recuerdo a la hermana mayor, Mary, especie de segunda madre del resto, que mandoneaba sin pudor a toda la fraternidad; a Lila, emigrada a Norteamérica; al alto, caballeroso y espigado Juan, en cuya chacra pasé más de una temporada en mi niñez, cuando, ya en la edad madura, y habiendo enviudado de su primera esposa, contrajo enlace con la mujer que hasta entonces había sido una criada; al robusto Blas; al tranquilo Angel; al corpulento Marcelo, quien incluso sobrevivió a mi padre, aunque quedó ciego por la avanzada edad.

Eran muy unidos los doce hermanos. El comentario general y unánime cuando se los recuerda es: "¡cómo se querían!"

Año tras año se reunían para celebrar fiestas y francachelas, con abundante asado, chivitos, chancho y otros manjares campestres, regados con copioso vino. Les gustaba comer y tomar; algunos eran obesos e hipertensos, siempre al borde del accidente cerebro-vascular; casi todos eran altos y fornidos, rubios, de hombros cuadrados y pecho poderoso, de huesos grandes y fuertes; tenían la piel muy blanca, los ojos claros, verdes, azules o grises, la frente ancha, las narices rectas, los pómulos altos y levantados de una manera característica. En general tenían regulares rasgos faciales, con alguna excepción. Eran gente muy sana y de gran fortaleza, aunque los excesos culinarios arruinaron a más de uno. Antes de morir mi padre, estuvo de visita Marcelo, el sobreviviente, con sus hombros rectos y la espalda derecha como una tabla. Me sorprendió encontrar en su rostro enflaquecido, privado por la edad de las adiposidades de otros tiempos, un vivo parecido con mi propio rostro, parecido que no había notado cuando él era un hombre más joven y entrado en carnes. Todos los Garin, sin excepción, tenían las mejillas y la nariz coloradas, surcadas de venitas rojas y azules. Cuanto más avanzaba la hora durante aquellos festines, más colorados se ponían. Cuanto más reían, más parecían a punto de estallar.

Los hermanos no solo eran unidos sino que tenían una especie de alianza secreta. Una alianza defensiva contra el mundo exterior, representado por los cuñados y cuñadas y el resto de la humanidad. Los Garin eran siempre las víctimas de conjuraciones malintencionadas. Si un Garin atravesaba problemas matrimoniales no cabía duda de que su esposa o esposo no los comprendían, no los respetaban como es debido. Nunca se ponía en tela de juicio la inocencia de un Garin, en materia conyugal o de cualquier otra índole. Durante sus francachelas, los familiares políticos quedaban visiblemente relegados a un molesto lugar de intrusos apenas tolerados.

Tal vez esta unión fraterna nació de una infancia trabajosa allá en el campo. Mi bisabuelo José Luis, el francés pequeño y malhumorado, no era precisamente un padre tierno, bondadoso y de mano blanda. Sus doce hijos todavía le tenían miedo cuando ya eran hombres hechos y derechos. En una oportunidad, los varones no tuvieron mejor ocurrencia que fabricarse una bolsa para practicar boxeo por las peleas que se armaban en los bailes ("nunca faltan encontrones cuando un pobre se divierte"). Rellenaron la bolsa de lona con un rollo de soga de cáñamo que mi bisabuelo había comprado para las faenas de la cosecha. Y le daban y le daban a la bolsa, entrenándose sin parar. Cuando llegó el momento de utilizar la soga, estaba completamente deshecha. La habían destrozado a golpes de puño. El viejo Garin estalló en cólera. Aunque sus hijos casi eran hombres, y lo doblaban en tamaño, eso no los salvó de la paliza.

Sólo una vez hubo una rebelión contra la tiranía paterna. Sucedió durante una comida, en la mesa familiar a la que se sentaban todos religiosamente. Mi bisabuelo estaba de malhumor. Algo había salido mal ese día, o la ginebra le había sentado desfavorablemente. El caso es que comenzó a discutir con su esposa, la abnegada Ángela. Primero la maltrató de palabra. Después se puso de pie y le levantó la mano. No era la primera vez que sucedía: mi bisabuela era una verdadera mártir. Por temor o un respeto a la autoridad paterna mal entendido, los hijos no se metían.

Entonces aconteció algo sorprendente.

Juan, que era un muchacho de unos dieciocho años, parco, taciturno, tímido, y jamás alzaba la voz ni se le conocían actos violentos, se puso de pie y, sin aviso previo, colocó a su iracundo padre el cuchillo de almorzar en el cuello.

-Tata, si vuelve a levantarle la mano a la mama, le juro que lo mato –dijo fríamente, casi en un murmullo.

Había una fiera seguridad en la calma con que fueron pronunciadas esas palabras. Mi bisabuelo José miró a Juan con mezcla de rabia y asombro. Parecía que iba a explotar. Pero en lugar de eso se tranquilizó, tomó asiento y terminó la comida sin decir una palabra.

Nunca más se habló de aquel suceso. Y nunca más volvió el viejo Garin a maltratar a su mujer.

CAPITULO 7: UN MATRIMONIO ARREGLADO EN EL PURGATORIO

Aunque se dice que los matrimonios se conciertan en el Cielo, hay algunas uniones que parecen haber sido fraguadas por potencias infernales, o cuando menos por entidades traviesas y maliciosas. Tal parece haber sido el caso de las nupcias contraídas el 12 de marzo de 1932, ante el amable párroco de Nuestra Señora de los Dolores de San Justo, por un joven de 25 años y una jovencita de 22, que no se imaginaban la turbulenta unión que estaban perpetrando.

Los novios no eran otros que Victorio Adolfo Garin (mi abuelo), hijo de José Garin y Angela Dominutti, y María Beatriz Piter (mi abuela), hija de Roberto Piter y Carolina Thea. Confluían así las dos ramas de ancestros en un encuentro que daría mucho que hablar, y sin el cual yo no estaría contando esta historia.

La novia creía haber obtenido por esposo un galán codiciado, una "joyita", pero en realidad se trataba de un clavo herrumbroso del que no podría librarse del todo por el resto de su existencia. Las malas lenguas dirían que sus vicisitudes conyugales fueron un condigno castigo por haberle quitado el novio a una amiga…

Cuentan que mi abuela Beatriz fue una hermosa joven, blanca, ojos claros, carácter fuerte y obstinado que con los años se volvió agrio, muy trabajadora, independiente. Tal vez algo fría. No era demostrativa con los niños, al menos en su vejez; quizás haya sido distinta en su juventud. Cuando todavía era una muchacha llena de ilusiones se enamoró perdidamente de ese joven tarambana que era mi abuelo Victorio: buen mozo, bromista empedernido, comerciante promisorio e irredimible mujeriego.

Victorio noviaba con su mejor amiga. Pero un día mi abuela lo sorprendió mirándola a ella. Una mirada furtiva llena de interés. Otro día fue a hacer compras a Concepción del Uruguay, y cuando se tomaba un respiro en un banco de la plaza pasó Victorio con el automóvil que le habían dado en su flamante empleo y se detuvo junto al cordón, apoyando el brazo en la ventanilla para decirle, con su más encantadora sonrisa:

—¿No tiene ganas de dar una vuelta en mi auto, Beatriz?

Ese fue el comienzo de la perdición de ambos.

Cualquiera le hubiese advertido a Beatriz que ese matrimonio iba a ser difícil. No importaba. Nunca una Piter se echaba atrás. Ya se encargaría de corregir al irresponsable novio. Eso, claro, era lo que ella pensaba.

Victorio era el miembro más popular del clan de los Garin, el hijo dicharachero, permanente animador de fiestas y bailes, infatigable galanteador de muchachas, orgullo y admiración de sus hermanos, apuesto como un actor de cine y cabeza hueca como un hijo de millonario. Al inefable Victorio todo se le consentía porque era tan simpático, todo se le perdonaba porque era tan lindo muchacho con su piel blanca, su cabello rubio y sus ojos azules, y sobre todo tan alegre...

Los Garin, campesinos arraigados, habían trabajado la tierra literalmente desde el destete. Pero Victorio quería libertad. Ser un campesino no era el destino que ambicionaba. Él quería vivir la buena vida, irse al pueblo, hacerse rico. No era que renegase de sus orígenes. Pero había tantas chicas lindas allá en el pueblo, en Concepción del Uruguay, en Gualeguaychú, y era tan fácil conquistarlas si uno tenía el bolsillo lleno y además lograba el milagro de adquirir un automóvil para llevarlas de paseo y levantarles la falda a orillas del río o robarles un beso en la oscuridad del biógrafo, que la vida del campo le empezó a disgustar como una cárcel. Quería ser comerciante, empresario. Quería vestir ropa elegante. Quería tener las manos suaves, sin callos. Quería fumar buenos cigarrillos americanos. Quería perderse en las milongas hasta bien entrado el nuevo día. Y así fue cómo dejó el campo atrás.

Era el momento de expansión, en todo el mundo, de una serie de maquinarias de uso particular o doméstico que facilitarían la vida de la gente común. Había dos ejemplos paradigmáticos de ello: el automóvil (el antisemita Ford había inundado el mundo con sus Ford T) y las máquinas de coser (el judío Singer había hecho lo propio con sus lanzaderas y sus agujas cosedoras).

Singer conquistaba los hogares con esas máquinas indestructibles, negras y relucientes como escarabajos gigantes, sencillas y rendidoras, alivio de las costureras, alegría de las amas de casa, que se veían de pronto liberadas de las malditas e inacabables horas dedicadas a coser a mano las ropas de la familia. Había que llevar estas máquinas, no sólo a los escaparates de las tiendas, sino a la intimidad de las viviendas, mediante un eficaz y agresivo método de oferta directa casa por casa. Pero hacían falta vendedores dedicados, simpáticos, sonrientes, dicharacheros y dispuestos a llevar la cruzada a los lugares menos accesibles del globo.

Era el trabajo perfecto para Victorio, que no tardó en alistarse y destacar como el mejor vendedor de la Provincia, lo que lo convirtió en representante y gerente de la empresa en menos de lo que canta un gallo. Un joven salido del campo, que hasta hacía poco echaba maíz a las gallinas, ahora era toda una personalidad del comercio local.

El señor Singer había encargado a sus escribas que confeccionaran un manual para los gerentes de su firma en expansión. Un gerente de Singer tenía que ser una celebridad en su pueblo. No podía ser un empleado más. Tenía que codearse con lo más granado de la buena sociedad en cada ciudad y cada pueblo. Tenía que inscribirse en el club más selecto, y concurrir a fiestas y reuniones, y conducir un vehículo reluciente, e ir al hipódromo, y alternar con las autoridades políticas y con los gerentes de los bancos, y ser miembro del Rotary, amigo del obispo, compañero de juergas del intendente, pareja de naipes del comisario. Así lo ordenaba el manual de Singer, y había que cumplirlo. Eso sí que era un trabajo como Dios manda. Nada que ver con esa historia de empujar el arado y saltar de la cama antes que el sol y ordeñar vacas y montar caballos sudorosos y alimentar cerdos chillones y nauseabundos.

Victorio se había convertido en un personaje, pero no por eso dejaba de ser un calavera. Ninguna fiesta merecía ese nombre si Victorio no estaba en ella, ya fuera en la ciudad o en el campo. No había nadie como él para inventar diabluras que pronto se hacían legendarias. Nadie tenía tanta capacidad para consumir ginebra o vino sin caerse de espaldas. Nadie contaba mejores chistes. Nadie zapateaba el malambo o la chacarera como él o podía adueñarse de una pista de baile agotando chamarritas, chamamés y polkas con el mismo despliegue de frenética energía danzarina. Nadie improvisaba mejores payadas al más genuino estilo gaucho. Victorio conseguía por sí solo, sin ayuda, transformar una reunión desabrida en una desenfrenada bacanal. La gente se reía con sus payasadas hasta que le dolían los riñones. Las chicas lo adoraban, las madres lo querían para yerno, los hombres lo seguían y festejaban, y hasta eran capaces de perdonarle que tuviera tanto éxito con las mujeres. Después de todo, ¿quién podía enojarse con Victorio? Era una fuerza de la naturaleza, un Dionisos, un fauno. A veces, algún paisano se enojaba porque su china no aparecía por ninguna parte, y entonces salía facón en mano a buscarlo a Victorio por las inmediaciones del baile. Pero, ¿qué se le iba a hacer? La china no tenía la culpa de haberse dejado llevar y Victorio tampoco. Si lograba esconderse hasta que pasara el despecho del paisano, la cosa se olvidaba pronto y todo el mundo se hacía cómplice del infractor. ¿Quién iba a animar los próximos casorios si permitían que a Victorio le dieran su merecido?

Habrán sido realmente memorables las andanzas de Victorio en esas fiestas, puesto que, muchos años después de su muerte, me sucedió encontrar gente, en Entre Ríos, que todavía las recordaba con la perdurable admiración reservada a los sucesos prodigiosos, míticos. ¿Te acordás cuando Victorio se escapó de ese marido pendenciero pasando en cuatro patas por debajo de la mesa? ¿Te acordás cuando Victorio, a través de la ventana, le metía una caña de pescar en el culo al violinista de la orquesta en el momento en que tenía que tocar su parte? ¿Te acordás de ese zapateo en el casamiento de fulanito? ¿Te acordás de la apuesta que ganó vaciando toda la ginebra disponible sobre un solo pie y sin perder el equilibrio? ¿Te acordás de cuando desapareció con la novia de menganito o con la prometida de zutanito? ¡Este Victorio! Sonrisas cómplices, meneos de cabeza. ¡Este Victorio!

Bueno. Con este Victorio se casó mi abuela Beatriz

pensando en reformarlo. Milagro superior a sus fuerzas. Ni siquiera la inflexible obcecación de una Piter podía con eso. El matrimonio fue un desastre. A la vigésima infidelidad, a la centésima borrachera, Beatriz comprendió que para corregir a Victorio tenía que asesinarlo. O lo asesinaba o renunciaba a su propósito. Y el homicidio estaba penado por la ley.

¿Es posible imaginar una pareja más dispar? Una mujer severa, malhumorada, laboriosa, desgranando reproches, rezongando, acusando, pasando facturas tanto más amargas cuanto más inútiles. Un hombre alegre, divertido, sin freno, sin límite, sin sentido de culpa, acostumbrado a la tolerancia risueña de todo el mundo, que nunca miraba hacia atrás ni para buscar la billetera olvidada, que nunca se arrepentía de nada porque la vida es corta, que no había pasado de los doce años de maduración emocional, que lo justificaba todo con un encogimiento de hombros y pagaba perdones con chistes de mal gusto, que dejaba salir por un oído lo que le entraba por el otro, que a todo le decía que sí y a cada quien lo que quería escuchar, que se olvidaba hoy de cuanto había prometido ayer, y además te daba la razón si se lo recordabas, pero sólo para olvidarlo al instante siguiente. El agua y el aceite.

La pareja se peleaba a muerte, se separaban, el marido era echado de casa, los platos se rompían con alarmante frecuencia, y todo el mundo, empezando por los hermanos Garin, no encontraba lamentación mejor que exclamar, moviendo la cabeza negativamente: "¡Pobre Victorio!" Era claro que su mujer no lo comprendía, no le tenía paciencia, pobre Victorio.

Al ser representante de Singer en toda la Provincia

de Entre Ríos, sus funciones eran itinerantes. Estaba muy bien considerado porque se mantuvo mucho tiempo al tope de los vendedores. Quienes lo conocieron años después en sus tiempos de jovial y risueña decadencia, no podrían haber imaginado que Victorio había sido uno de los mejores gerentes. Eso ocurrió allá, cuando se paseaba entre la buena sociedad y conducía su automóvil brillante de nuevo rico. Iba de pueblo en pueblo llevando máquinas de coser, como un infatigable profeta de la costura mecanizada. Vender una máquina implicaba enseñar a las clientas a coser. A cualquier casa que entraba, no se iba hasta haber transformado a la dueña de casa en costurera y haberle dejado una Singer a crédito.

Se pasaba largas temporadas en alguna ciudad o población, hasta haberla abarrotado de Singer. En Basavilbaso, tierra de los gauchos judíos, se encontraba afincado temporariamente vendiendo Singer a crédito a los hijos de Abraham, cuando nació mi padre, Hugo Daniel, en el año 33. Cuando hablaba con entrerrianos que le preguntaban sobre su pago natal, mi padre debía aclararles que no era judío, pues Basavilbaso y judío eran sinónimos. Victorio pasó un tiempo allí recorriendo graneros y sinagogas y convenciendo a las familias de que coser a máquina no estaba prohibido en la ley mosaica. Mi abuela Beatriz acompañaba sus mudanzas y atendía el local de ventas en su ausencia, a la vez que ejercía sus habilidades de bordado a máquina, en que era muy ducha, y no se sabe que haya pasado un solo día de su vida sin trabajar. Eran una familia nómade. Siete años más tarde nació una hija mujer, mi tía Beatriz, que hoy me proporciona datos y recuerdos desde Estados Unidos. Esos fueron los dos vástagos del matrimonio. Después las relaciones entre mis abuelos empeoraron y comenzó una de sus recurrentes separaciones.

Hace un tiempo estuve con mi padre de paseo por Ibicuy, en el delta del Paraná. Es una pequeña población con un viejo y herrumbroso puerto, entre juncos, cortaderas, bañados llenos de garzas y cigüeñas, charcos donde aún habitan ocasionales yacarés y trillones de mosquitos. Hoy van allí muchos pescadores aficionados, que zarpan del puerto rumbo a las islas. En los alrededores, discurre el Paraná salpicado de islas, casi todas ellas habitadas por alguna familia, y su viejo modo de vida aparece muy bien reflejado, sin exageraciones, en la película "Los isleros". Aunque muchas cosas han cambiado desde entonces, aún hoy pueden encontrarse vestigios de la vieja vida isleña en toda la zona, vida que conoció mi abuelo en sus misiones de venta. Victorio vivió allí una temporada, acompañado por mi padre, entonces un niño de cinco años. Partían en un bote o pequeña embarcación y se internaban en la red de arroyuelos, canales y pequeños brazos del río, para vender y entregar máquinas de coser, como adelantados de la Revolución Industrial en un mundo que vivía mayormente de la caza, la pesca y la recolección. Se detenían en algún ranchito perdido y Victorio entablaba rápida amistad con las mujeres de la casa. Enseguida venía la demostración de costura y la explicación del funcionamiento de las máquinas. Las mujeres miraban en silencio, maravilladas. Claro que era un sueño imposible, pensaban. No tenían dinero para pagar aquellas joyas mecánicas. "No importa", decía mi abuelo. "Ya me la pagarán en tantas cuotas". "Pero no sé si mi marido podrá, porque…" Nada, Victorio no atendía razones. Descargaba la Singer y no se iba sin haberla vendido. Sabía que nadie era mejor pagador de sus deudas que esas pobres gentes, que preferían pasarse sin comer antes que dejar de pagar una cuota.

Una vez llegaron a una isla donde el rancho se había incendiado. La mujer, llorosa y avergonzada, dijo que no podía pagar la cuota de ese mes a causa de esa desgracia. La máquina de coser también había sido víctima del incendio. Victorio cargó sus restos ennegrecidos en la embarcación, sin preocuparse.

-No se haga problema –dijo-. Singer se hace cargo.

E inmediatamente descargó una máquina nueva. La mujer se puso a llorar de emoción. Era la primera cosa buena que le pasaba desde el incendio.

Así iba Victorio por los andurriales más remotos llevando máquinas de coser, granjeándose la estimación de todos, recaudando para Singer. Podría haber prosperado indefinidamente, pero tuvo que cometer una de esas travesuras que su mujer nunca le perdonaría. Dejemos que lo cuente mi tía Beatriz:

"A mi papá le iba muy bien. No recuerdo en qué año fue premiado como el primer vendedor de Singer de la República Argentina. Pero la ambición lo mató. Había órdenes muy estrictas de la empresa para asegurar la colocación de su producción destruyendo las máquinas viejas. Así, cuando se vendía un modelo nuevo, papá tenía que retirar las máquinas viejas de los domicilios y partirlas al medio con un tremendo mazo que le suministraron. Ni tonto ni perezoso, bajo cuerda, las arreglaba y las vendía; esa gracia hecha sin ninguna necesidad le duró hasta que la compañía lo descubrió, ahí fue donde perdió el trabajo, el auto, la vivienda y todos los beneficios consabidos."

Podemos imaginar la decepción de mi abuela Beatriz. Ella se había casado con el novio de su amiga, el promisorio vendedor de Singer que juraba que nunca más volvería a trabajar en el campo y le había prometido una vida de prosperidad. Ahora estaba prácticamente en la calle con dos hijos pequeños. Ni ella ni Victorio querían volver a San Justo con la cabeza gacha, derrotados. ¿Qué otro destino les quedaba más que probar suerte en Buenos Aires, como hacía en aquellos tiempos todo el que en el interior se quedaba sin trabajo?

Era época de grandes migraciones internas: Buenos Aires y el gran Buenos Aires se estaba poblando de provincianos desempleados en busca de trabajo en las incipientes fábricas nacidas al calor de la Segunda Guerra Mundial, en el proceso de sustitución de importaciones que se había desatado ante el freno que sufría el comercio internacional, con los mares recorridos por submarinos que no vacilaban en hundir buques mercantes y con puertos bloqueados. Pronto, aquella masa migratoria del interior emergería a la vida política nacional el 17 de octubre de 1945, para defender a un ignoto coronel encarcelado, pisoteando Plaza de Mayo, lavándose las patas sucias en la fuente y exhibiendo sus "cabecitas negras" en prieta muchedumbre, conformando ese "subsuelo de la patria sublevado" (según la pluma panegirista de Scalabrini Ortíz), o ese "aluvión zoológico" (según la metáfora despectiva de un orador parlamentario).

Victorio llegó a Buenos Aires como un desempleado más. Todas las puertas se le cerraban. Intentó vanamente conseguir colocación en su rubro, el único que de veras conocía. Los ahorros se agotaban. Llegó a no tener para comer. Una tarde se sentó en una plaza, completamente desolado, acariciando la idea del suicidio. Curiosamente, la misma situación que le aconteció a mi otro abuelo, Camilo, en Montevideo.

Al fin, tras mucho "rajar los tamangos buscando ese mango que te haga morfar", alguien le tendió una mano. Reconociéndolo y recordando sus anteriores desempeños como vendedor de Singer, un comerciante que poseía la concesión de las máquinas Cabiró, competidoras menores de Singer, le ofreció empleo. Cuenta mi tía: "*Cuando vinimos de Entre Rios, fuimos a vivir a Liniers; yo tendría dos o tres años; habremos estado un año allí; luego fuimos a Lomas de Zamora y nos instalamos en una casa alquilada, ubicada en calle Pellegrini 43, a pocos metros de la vía del ferrocarril y a unas dos cuadras de la Estacion ferroviaria. Allí pasamos parte de mi infancia, y luego nos trasladamos a otra casa ubicada a la vuelta, en Boedo 171, donde además de la vivienda funcionaba el local comercial".*

A partir de entonces su hábitat fue Lomas de Zamora, la ciudad en donde transcurrió el resto de su existencia. Desde ese centro de operaciones salió Victorio a vender y reparar máquinas de coser por todos los suburbios. Los señoriales barrios de clase media y las villas miseria más espantosas lo conocieron por igual. Se instalaba en las casas, hacía amistades, le caía bien a todo el mundo, se adaptaba a cualquier ambiente. Mi padre solía contar que en una ocasión los invitaron a almorzar en un rancho misérrimo. Les sirvieron, entre otros manjares indescriptibles, una sopa preparada con agua infecta, en la que mi padre pudo descubrir sin mucha dificultad la presencia de renacuajos hervidos. Así como salía el agua del pozo, con renacuajos y todo, preparaban la sopa. Mi padre, que era chico todavía, dirigió una mirada implorante a Victorio. Pero Victorio no se amilanó. Llenó la cuchara con sopa de renacuajo y se la tomó sin pestañear. Vació el plato, e incluso aceptó otro más sin dejar de reconocer con expresivas palabras lo rico que estaba el brebaje.

Victorio no le hacía asco a mujer alguna, especialmente si era cliente. Trababa amistad con los maridos y se acostaba con las mujeres. No tenía preferencias. Era populachero, campechano, democrático, igualitario, un verdadero socialista del sexo de entrecasa. Jóvenes, viejas, lindas, feas, con dentadura o desdentadas, en camas o en catres, en residencias o en ranchos. Años después de su muerte todavía seguían visitando el negocio familiar viejas mujeres, casi ancianas, que preguntaban por don Garin. "No me diga que murió", se lamentaban, "tan lindo hombre que era". Y los ojos les brillaban a la luz de algún recuerdo íntimo en el que resultaba prudente no profundizar.

En los libros de Derecho se recuerda la primera y breve experiencia de divorcio vincular en Argentina bajo el segundo gobierno de Perón, en tiempos en que estaba enfrentado con la Iglesia Católica. Esa ley revolucionaria duró muy poco y fue rápidamente anulada. Sólo hubo contados casos de sentencias de divorcio que se obtuvieron bajo su vigencia. Uno de ellos fue el de Beatriz y Victorio. De este modo, mis abuelos forman parte de los anales jurídicos del país. Era un caso que lo ameritaba, un honor ampliamente ganado.

¿Cómo es que se llegó a esa situación? ¿Acaso mi abuela perdió definitivamente la paciencia? En parte, sí. En parte intervino el despertar de la conciencia política femenina. Veamos.

Un día, revolviendo viejas fotos, encontré un antiguo carnet amarillento y borroso, que acreditaba a María Beatriz Piter como Presidenta del comité Lomas de Zamora del Partido Peronista Femenino. Ello me sorprendió porque mi padre, Hugo, era muy antiperonista. Al consultar a mi tía, esta me confirmó: "Sí, efectivamente, mamá fue la primera presidenta de la Unidad Básica de mujeres que se abrió en la calle Boedo al 200, a una cuadra de casa." Eran los tiempos en que Eva Perón había hecho consagrar el voto femenino, y aparecían las primeras mujeres candidatas en las listas electorales y las primeras legisladoras. De manera que mi abuela no sólo había sido militante activa, sino que había tenido cierta autoridad partidaria.

Hasta entonces había aguantado los deslices de mi abuelo porque las mujeres debían seguir a los maridos y en ningún caso era admitido separarse sin escándalo y proscripción social. Pero ya había dicho Evita que las mujeres podían votar y que debían ser candidatas a la par de los hombres; y ahora Perón decía que la Iglesia no era tan respetable como se había creído, sino que estaba llena de gorilas antipueblo, y mandaba a sus legisladores a aprobar el divorcio vincular. Una auténtica peronista cansada de su marido no debía pensarlo dos veces. Divorcio ya.

Así fue que, durante años, al ser anulado el divorcio vincular por el golpe de Estado de 1955, se discutió en las facultades de Derecho si los divorcios celebrados en ese breve período de vigencia eran o no válidos, si debían o no considerarse vigentes los vínculos matrimoniales entonces disueltos, si la indestructibilidad del vínculo matrimonial era o no de orden público, etc. Yo leía las opiniones doctrinarias cuando estudiaba abogacía en la Universidad de Buenos Aires sin dejar de recordar el breve divorcio de mis abuelos...

Pero fuera de ese episodio legal, hubo numerosas separaciones y reconciliaciones, antes y después. Yo recuerdo sus últimos años, cuando, ya ancianos, volvieron a convivir. Victorio estaba reducido a una sombra. El abuso de alcohol aceleró una fatal arterioesclerosis. Había días en que no recordaba ni quien era; salía de la casa con su maletín de Singer y la corbata puesta alrededor del cuello, pero sin camisa, el torso desnudo. Cada mañana Beatriz empezaba el día con una larga letanía de rezongos que se prolongaban durante cerca de dos horas. Rezongos, quejas, órdenes, vociferaciones contra el irredento Victorio. A lo mejor mi abuela se estaba vengando. A lo mejor descargaba de esa manera, un tanto extemporánea, la bronca acumulada durante décadas de juergas, de juramentos quebrantados, de infidelidades remotas. Pero Victorio la había derrotado una vez más, porque ya no entendía nada, ya nada lo afectaba. Beatriz podía desgañitarse mañana tras mañana en sus accesos de malhumor venenoso, que Victorio, sólo presente en lo físico, apenas si registraba su existencia como un dato borroso y lejano, como una bruma de alcoholes antiguos, una resaca de antiguas bacanales.

Victorio, como todos los Garin, tenía un físico privilegiado. No de otra manera podría haber aguantado tantos desarreglos. Un hígado y un cerebro normales habrían quedado fuera de servicio mucho tiempo antes bajo la constante agresión alcohólica a que los sometió durante años. Parecía indestructible. Una borrachera mortal para cualquier ser humano a él sólo le dejaba una breve resaca. Pero las consecuencias las pagó en su vejez, cuando yo lo conocí. Recuerdo que aún entonces hacía prodigios suficientes para sacar de competencia a cualquiera. No podía soportar el calor, y dormía con un ventilador en la espalda en verano, otoño y primavera sin que eso le provocara el menor catarro. Era insensible a los golpes y heridas. Iba por el mundo anestesiado. En una ocasión, ya viejo, entró medio borracho a su casa, tropezó, cayó y se dio de cabeza contra una máquina Singer. Su medio de vida casi se convierte en la causa de su muerte, tan terrible fue el golpe. Pero, ajeno a todo, se levantó como si nada. Ni siquiera se percató de la herida que tenía en la cabeza. Se acostó a dormir en la cama matrimonial. En mitad de la noche, mi abuela despertó, molesta por una sensación de humedad. Al encender la luz, descubrió con horror que la almohada y parte de la cama estaban embebidas en sangre.

-Victorio, Victorio –lo llamó a los gritos, zamarreándolo. El durmiente abrió los ojos velados por una vaga niebla, y no atinó más que a exclamar, al verse empapado en sangre:

-Hija de puta, buena me la hiciste, me quisiste asesinar.

Así era él. Nada lo afectaba. Todo era culpa de otros. Pasaba por la vida envuelto en una suerte de amnesia voluntaria, mucho antes de que la enfermedad lo condenara a la desmemoria forzosa. Cuando se le aparecía algún hecho que lo obligaba a volver en sí y recordar una obligación incumplida, resolvía la situación dándose un golpe en la frente y exclamando:

-Uy, la puta madre...

Esa era su disculpa. Y había que perdonarlo, porque, ¿quién podía enojarse con Victorio? ¿No veían lo apenado que estaba por no haberse acordado? Y era tan simpático...

Vivía en Buenos Aires, en Lomas de Zamora, hacía ya varias décadas cuando, en cierta ocasión, llegó de visita su hermano Juan. Entró tambaleante y sin fuerzas a la casa de Victorio, presa de una fiebre repentina y voraz. Cuarenta grados de temperatura lo venían torturando desde que bajó del micro y apenas podía sostenerse en pie. Victorio lo ayudó a tenderse en una cama mientras le decía que no se preocupara, que él iba ya mismo a comprar medicamentos a la farmacia más cercana. Pasó una, dos, tres horas. Pasó la noche. Juan deliraba comido por la fiebre. No podía levantarse ni para ir a buscar un vaso de agua, solo, abandonado como un perro. Victorio no volvía. Transcurrió la noche entera en una pesadilla. Al amanecer regresó Victorio medio borracho. Cuando vio a su hermano tendido en la cama, debatiéndose aún en la fiebre que empezaba a remitir, se dio un golpe en la frente y exclamó:

-Uy, la puta madre.

Se había olvidado. Se había encontrado con algunos de sus amigotes. Había terminado en un bar, anestesiándose de ginebra, jugando al truco. Su querido hermano Juan podría haber muerto en el ínterin: él, al regresar y encontrarse con su cadáver, seguramente no habría atinado más que a golpearse la frente y proferir el consabido: "Uy, la puta madre".

Ya era un hombre maduro, comerciante establecido

en Lomas de Zamora, entregado a la noble tarea de vender y arreglar máquinas de coser como un abanderado sempiterno de la industria textil, cuando le tocó en suerte ganar la lotería gracias a un billete compartido con otro amigote. La suerte siempre lo favorecía. ¡Qué oportunidad estupenda! Los dos afortunados ganadores podían elegir ahora en qué invertir, cómo desarrollar su futura vida comercial libres de aprietos y sofocones financieros. ¿Pero en qué ramo? Máquinas de coser, no; ya llevaba mucho tiempo dedicado a eso. Debía haber algo más divertido. Victorio y su amigote devenido socio se rompieron la cabeza pensando alternativas. Había que hacer algo que realmente les gustara, que fuera su vocación, que reuniera diversión y trabajo. Si no, ¿de qué servía ganar la lotería?

-¿Por qué no ponemos un bar? –dijo el amigote.

A Victorio le resplandecieron los ojos. Un bar. Esa sí que era una buena idea. ¿Quién conocía mejor que ellos la vida secreta de los bares? Compraron uno al que solían concurrir como clientes. Pusieron allí todo el dinero del premio. Les duró dos años. Al cabo de ese tiempo ya habían consumido todo el dinero bajo la forma de ginebras y bebidas varias que se tomaban ellos mismos, cuando no las facilitaban gratuitamente a otros borrachines amigos, pues no hay que ser mezquino en esta vida con la pobre gente atrapada por un vicio. Concluida la aventura del boliche, Victorio, nuevamente pobre, debió regresar a las máquinas de coser, sus eternas salvadoras.

Mi abuela, entretanto, hacía su vida de trabajo. Nunca estaba más contenta que cuando se encontraba lejos de

Victorio, con o sin divorcio vincular de por medio. Se ganaba la vida como costurera, como peluquera, como vendedora. Criaba a sus hijos sola, como mujer divorciada, y procuraba no enterarse de Victorio mientras le era posible. Cada tanto, sin embargo, las circunstancias los volvían a juntar.

Cuando yo era chico, mi abuela emigró a Estados Unidos. Fue a trabajar de costurera a Nueva York. Hizo dinero suficiente, ahorrando los dólares y los centavos, como para construirse una casita en el fondo del terreno de nuestra primera casa familiar. Entonces regresó pensando en pasar una vejez tranquila. Todo parecía indicar que así sería. Beatriz no era tan vieja al regresar de su exilio norteamericano. Le gustaba la vida tranquila y se distraía leyendo novelones de amores torturados y gloriosos, como ella nunca había tenido: Cumbres borrascosas, Lo que el viento se llevó... Pero las cosas siempre le salían mal, como le había salido mal su matrimonio. Sucedió que mientras estaba trabajando en Nueva York en los talleres de costura, comenzó a tener sangrados, aunque hacía rato había ingresado en la menopausia; pero como era una inmigrante ilegal y no tenía seguro médico, no podía hacerse atender ni revisar. Dejó pasar el tiempo, esperando el regreso a la Argentina para hacerse ver en un hospital. Ya era tarde. El tumor había avanzado demasiado. Murió en la casita que se había construido con sus ahorros norteamericanos, en el fondo de nuestro domicilio, tras una agonía larga y cruel.

Podría extenderme largamente en la historia de los Garin y los Piter. Quizás en otra ocasión lo haga. Es una historia profusa y abigarrada, llena de hechos y personajes pintorescos, con pasos de comedia, con tragedias terribles, con amores prohibidos y tortuosos. Había algo violento y temperamental en aquellos hijos de inmigrantes aferrados a la tierra, y no escasearon los romances desgraciados ni las venganzas ni las muertes sangrientas. Alguno hubo que se quitó la vida colgándose de una viga del establo después de ver perdida, a causa de un granizo, la cosecha en la que cifraba todas sus esperanzas. Alguno hubo que murió de modo absurdo y por azar en un camino perdido, dejando tras de sí a toda una familia en la ruina. Hubo incluso una muchacha apasionada que se suicidó a lo bonzo, rociándose con combustible y prendiéndose fuego en la plaza del pueblo, frente a todos los vecinos domingueros, para testimoniar la enormidad monstruosa de su amor despechado. Y estaban los otros, los de vida alegre, los de robusto buen humor, inaccesibles a la desgracia, jocundos y pantagruélicos, bebedores a lo persa, gozadores de la vida, llenos de la vital sabiduría del campo que consiste en aceptar los dones de Dios, en comer su pan con gozo y beber con alegría su breve vaso de vino, en disfrutar del amor de cada día y en aprovechar el fruto del trabajo con que se afanaban debajo del sol, como enseña el Eclesiastés, porque habían comprendido que esa era su parte en la tierra.

De pronto siento la necesidad de volver la vista a Entre Ríos y hablar del cementerio de San Justo, donde descansa mi padre y varios de sus ancestros.

He visitado muchas veces aquel bello cementerio campesino, envuelto en el silencio, en el que sólo es posible escuchar el canto de la calandria, el zorzal, el venteveo o el cardenal de rojo copete, y el susurro del viento en las ramas de los antiguos cipreses que bordean su camino central, tapizado de césped y tréboles.

Pasando el acceso, donde se encuentran los nichos, el resto del cementerio es un tranquilo parque, en que se erigen sin ostentación algunas criptas familiares con apellidos conocidos. Mi padre me solía llevar a visitarlo desde niño, y casi no ha cambiado; está detenido en el tiempo. En mi niñez, en el día de todos los santos, solía reunirse mucha gente a visitar a los difuntos y renovar las flores; la entrada se llenaba de vehículos estacionados, camionetas y sulkys con sus caballos. Sí: todavía había gente que se trasladaba al cementerio en sulky cuando yo era niño.

No fue sino hasta 1891 que el pueblo de San Justo tuvo necesidad de cementerio, y ello como consecuencia de una epidemia de difteria. Los muertos, que hasta entonces se llevaban a Concepción del Uruguay, ya no pudieron recibir sepultura allí por disposición de la Municipalidad de esa ciudad, para evitar contagios, con lo cual comenzaron a ser enterrados en los terrenos no consagrados de los deudos. Tal situación no podía tolerarse y hubo que acelerar los trámites para que las autoridades habilitaran cementerio propio a San Justo en un terreno donado por un particular, en su actual emplazamiento, cerca del acceso del pueblo. Las tumbas más viejas, que aún se conservan, datan de entonces.

Recuerdo ahora la última vez que fui a acompañar a mi padre Hugo. Era un viaje de despedida. Mi padre quería visitar la tumba de su madre, allí enterrada: estaba gravemente enfermo, próximo también él a morir. A medida que nos acercábamos, él iba rememorando tiempos lejanos, recreando un mundo perdido hacía sesenta años.

-Por este mismo camino -decía-, mi abuela Ángela me traía en sulky cuando venía de compras al pueblo. A esta iglesia veníamos a misa los domingos bien temprano.

Entramos al cementerio bajo el sol del mediodía, mi

padre, mi hija, la madre de mi hija y yo. Mi padre se tambaleaba de debilidad y emoción. Al detenerse frente a la tumba de su madre, cuyo camino él también seguiría en poco tiempo, lo asaltaron recuerdos más nítidos. Y aunque yo nunca había visto llorar a mi padre, en aquel momento el anciano próximo a morir olvidó el presente; dejó atrás su enfermedad, sus años, sus achaques, sus decepciones; recobró la inocencia; y milagrosamente, en presencia de la efigie de su madre, la voz se le hizo joven, se le hizo voz de niño desvalido que ansía el regazo materno, que pide el único refugio seguro frente a las inclemencias del mundo; los ojos se le anegaron de lágrimas, mientras murmuraba, con inesperado acento infantil:

-Mi mamita, mi mamita...

CAPITULO 8: LA ENSEÑANZA DEL JARDINERO

Yo tendría unos seis años cuando mi padre plantó un limonero en el jardín de la calle Posadas, en Lomas de Zamora. Era hermoso pero no fructificaba. Un día le preguntó a un viejo jardinero, conocido suyo, si había algún producto para estimularlo.

-Golpee fuerte con un palo la base del tronco- dijo el jardinero.

Mi padre hizo la prueba. Fue como un milagro: a los pocos meses el limonero lucía cargado y doblegado bajo el peso de decenas de limones.

-¿Qué explicación tiene esto?- preguntó mi padre.

-Algunos árboles son como personas –le respondió el jardinero-. Sólo dan frutos después de que la vida los ha golpeado.

No habría motivo para que yo recordara este diálogo circunstancial si no hubiera una verdad en esas palabras del jardinero, que mi padre, con los años, solía citar como si se trataran de un proverbio de Salomón.

Cuando mi padre conoció a mi madre era un joven pretencioso de clase media, vestido a la moda, esnob, que se daba aires de señorito y había olvidado que su abuelo había llegado de Marsella muerto de hambre en un barco lleno de ratas. Había estudiado en un Colegio privado de perito mercantil, pretendía ser contador, tenía un futuro asegurado en el Banco y confraternizaba con los mediopelo de la época en el tercer tiempo de los partidos de rugby. Se reunía con sus amigos en la Confitería Gallardón, que era la versión lomense de la Petit, la confitería ricachona que había dado su nombre a los chetos de la época, los "petiteros". Trabajaba como cajero contando billetes ajenos y vestía de punta en blanco con saco y corbata y unos cuellos duros, muy duros, que le cortaban la circulación. Tenía las uñas impecables y las manos sin la menor huella de aceite, y no se acordaba casi de cuando era chico y ayudaba a su padre arreglar máquinas de coser en el taller familiar, ni de cuando iba a pasar las vacaciones a Entre Ríos, a la casa del abuelo que viajó entre ratas. Casi no se acordaba de la vez que capturó un murciélago y le ató un hilo de una pata para tenerlo atrapado y lo soltó en el dormitorio de las primas, ocasionando uno de los más colosales ataques de histeria femenina adolescente de que se tuviera noticias. Casi no se acordaba de cuando encendió un fuego en el granero de su abuelo, el del barco con ratas, y ocasionó un incendio, y luego se escondió bajo una cama para evitar el castigo, y vio venir las alpargatas del abuelo hasta situarse junto a la cama y una mano invisible lo tomó de los tobillos y lo levantó en el aire y el abuelo se desprendió el cinturón y le dio tantos cinturonazos que le sacaron para siempre el gusto de andar encendiendo hogueras en lugares inflamables. Los impolutos cajeros de los bancos no podían darse el lujo de recordar su pasado incendiario ni las manos grasientas de otros tiempos.

Mi padre Hugo había olvidado también que su madre había sido presidenta de la Unidad Básica del Partido Peronista Femenino, porque él iba a la Acción Católica, y allí le decían que debía afiliarse al recientemente creado Partido Demócrata Cristiano, cuya finalidad era combatir a Perón, porque los curas habían descubierto de repente que Perón era masón, y si él no lo era lo eran sus ministros, y un ministro se había atrevido a proclamar que la Revolución Peronista era más grande que Cristo, y Perón estaba harto de los curas y había decidido prohibir la enseñanza religiosa en las escuelas y avanzaba en la separación de la Iglesia y el Estado y había promulgado el divorcio vincular y había equiparado los hijos extramatrimoniales a los hijos matrimoniales, con lo cual la familia cristiana legítima estaba en riesgo de disolución, y además perseguía a las jovencitas de la UES con su pochoneta. Por eso los curas organizaron la multitudinaria marcha de Corpus Christie para echar a ese tirano ateo y masón que gobernaba la República, y a esa marcha fueron todos los antiperonistas ateos y masones, empezando por los miembros del Partido Comunista que no pisaban una iglesia ni bajo los efectos del alcohol. Y mi padre, que era católico y creía en los curas, creyó todas las mentiras venenosas que decía la Iglesia en esos años y se volvió antiperonista furioso, e iba a las marchas de estudiantes contra Perón, el Diablo.

¿Por qué mi padre, en esa época, parecía un poco antipático, engreído e incómodo? ¿Le apretaba demasiado el cuello de empleado bancario? ¿A lo mejor la corbata lo sofocaba? ¿O sería que le habían roto un dedo en un partido de rugby y la fractura le quitaba espontaneidad? ¿O sería simplemente que empezaba a estar cansado de fingir que era lo que no era ni sería jamás?

Un día Hugo fue a buscar a Neli a la casa de mis abuelos en la calle Mitre casi esquina Alvarez Thomas de Lomas de Zamora, pues iban a ir al cine. Ya hacía unos cuantos meses que noviaban. Al llamar lo atendió mi madre, un poco nerviosa, y le dijo:

-Hola, Hugo. Mi padre quiere hablarte.

Hugo tragó saliva. El sudor empezó a perlar su frente. Lo hicieron pasar y tomar asiento en el living de la casa. Esperó unos minutos nerviosamente, observándose los zapatos y acomodándose el cada vez más estrecho cuello de la camisa.

Entró Camilo, más serio que perro en bote, con su rostro tiznado de nacimiento y sus anteojos profundamente negros, como pozos, inescrutables y temibles.

-Buenas noches, joven. Yo soy Camilo González, el papá de Nélida. ¿Cómo era su nombre?

-Hugo Garin.

Camilo tomó asiento. Serio, muy serio. Lanzó un par de preguntas intencionadas sobre la familia de mi padre, y a qué se dedicaban y de dónde eran. Hugo se abstuvo de toda referencia a divorcios vinculares y botellas de ginebra. Luego le preguntó sobre sus ocupaciones, y él explicó con un dejo de pedantería que era estudiante y empleado bancario. Camilo no pareció impresionado. Su expresión seguía siendo indescifrable, porque, aunque era de noche y estaban en el interior, no se sacaba jamás los lentes oscuros. Ellos le daban la ventaja táctica de poder espiar a sus interlocutores a sus anchas. Su imperturbabilidad ponía cada vez más nervioso a mi padre, que tragaba saliva más veces de las necesarias para aceitar el gaznate.

Se hizo un silencio embarazoso. Luego Camilo dijo con tono de sentencia de muerte:

-Vea, joven. ¿Cómo se llamaba? Ah, sí, Hugo me dijo. He notado, Hugo, que usted viene muy seguido a buscar a mi hija.

Mi padre, cada vez más nervioso, asintió.

Camilo preguntó:

-¿Y puedo saber cuáles son sus intenciones?

Mi padre empezó a tartamudear.

Mis padres estuvieron de novios cuatro años bajo la atenta vigilancia de Camilo. En el ínterin el empleo bancario rindió sus frutos porque les permitió anotarse en la lista de adjudicación de créditos hipotecarios, con lo cual adquirirían tiempo después un lindo chalecito de tejas españolas y amplio fondo, en calle Posadas cerca del Parque de Lomas, barrio que entonces era de calles de tierra, donde transcurrió mi infancia. También les permitió anotarse para pasar la luna de miel en el hotel del sindicato bancario, en Embalse Río Tercero. Sin embargo, el cuello de la camisa de mi padre parecía cada vez más almidonado, rígido, apretado, y cada vez respiraba más dificultosamente.

Un sábado por la mañana, día no laborable para los bancarios, mi padre fue a visitar a Victorio al negocio de máquinas de coser que desde hacía más de diez años dirigía en un pequeño local de la calle Boedo al 100, en cuya trastienda también tenía su casa. Victorio no esperó para decirle:

-Haceme el favor, Hugo, tengo que llevar esa máquina después del mediodía a Longchamps, y hay que ponerle motor eléctrico y valija, ¿te podés ocupar? Yo estoy terminando de arreglar esta overlock y no voy a hacer a tiempo.

-Pero estoy con camisa- dijo mi padre, y el cuello le apretó de golpe.

-Sacatela- dijo Victorio, y le arrojó un delantal.

Mi padre se cambió y se puso a instalar el motor eléctrico a la Singer al lado de Victorio, sobre la mesa del taller.

-¿Cómo anda el trabajo?- preguntó Victorio.

-Bien –mi padre vaciló-. Es decir, debería andar bien, pero el gerente es un hijo de puta. Es un enano insolente. Siempre maltrata a todo el mundo. Me vive cagando a pedos por esto y por aquello. Yo podría romperle la cabeza con una sola mano, porque es un alfeñique. Pero me tengo que aguantar. Te juro que un día se me va a salir la cadena y lo voy a dejar sin dientes.

Mi abuelo dijo:

-Hagan un pozo solidario entre los empleados y páguenle una puta de vez en cuando. El pobre hombre quién sabe hace cuánto que no garcha.

Ambos empezaron a reir. Mi madre dice que nunca vio a un padre y un hijo que se llevaran tan bien, y que se rieran tanto estando juntos. Eran culo y calzón. No parecían padre e hijo sino dos compinches de juerga. Por un momento, Hugo sintió que el cuello de la camisa imaginaria estaba menos almidonado, que podía respirar un poco.

Después Hugo hizo un repaso de todas las veces en que el gerente lo había maltratado, de las injusticias sufridas desde que estaba en el banco, de la impotencia que le daba no poder partirle la cara a ese enano abusador que lo tenía de punto, y que le envidiaba que él fuera buen mozo y tuviera una estatura normal. Hacía mucho tiempo que quería contarle a alguien sus padecimientos laborales, y ahora se estaba descargando. Victorio no decía nada. Seguía con su trabajo sin opinar.

-Además hay otra cosa. Está todo bien con el banco y todo el mundo me envidia ese empleo porque dicen que es seguro, que es estable, que tiene obra social y una buena jubilación. Cuando digo que trabajo en el banco me miran con respeto, los comerciantes que quieren créditos me empiezan a tratar mejor, todos dicen: "qué bueno debe ser un trabajo donde no tenés que ensuciarte las manos". ¿Pero qué tiene de malo ensuciarse las manos? Eso está muy bien, soy agradecido por la oportunidad que tengo, pero a veces me gusta ensuciarme las manos un poquito, y también está el asunto del escalafón."

-¿El escalafón?

-Sí. El escalafón. Todos los días entro al Banco y lo primero que veo es el escalafón pegado en la pared. Es un memorándum que indica todos los cargos de acuerdo a la categoría y la antigüedad. Yo miro ahí y sé lo que voy a ganar dentro de diez años, dentro de veinte, o cuando tenga cincuenta y cinco años. Toda mi vida laboral está escrita allí, predeterminada, planificada y clasificada. No tengo que hacer otra cosa que seguir yendo al banco a horario, no perder dinero en la caja y contar bien los billetes de aquí hasta que me jubile y tengo todo asegurado. En vez de un trabajo parece una condena. ¡Estoy encerrado en una jaula! Ya sé lo que voy a ganar y el trabajo que voy a estar haciendo dentro de dos décadas, siempre y cuando no asesine antes al enano.

Y al decir esto, el cuello almidonado pesaba como un collar de plomo.

Victorio terminó de arreglar la overlock. Miró a mi padre y le dijo:

-Cuando yo era joven, fui un señorito con gomina y bigote. Fui el mejor vendedor de Singer. Si tenía que ir a vender una máquina al rancho más apestoso, eso no me molestaba, lo hacía con gusto. Había un solo inconveniente. Tenía un jefe encima mío. Había un tipo en algún lado que tenía el derecho de cagarme a gritos y pegarme una patada en el culo, como sucedió. Ahora soy un tirado y me pongo en pedo cuando quiero. No sé para qué sirve la plata. Un ternerito sirve para hacer un asado. Un vaso de ginebra sirve para beber. ¿Pero para qué sirve la plata? No sé para qué sirve. Sirve para gastarla en un bar o con una mujer con un buen par de tetas. Para eso sirve. Porque si en esta vida tan breve no tenés tiempo de pasarla bien, aunque sea un ratito, si no tenés derecho a romperle la cara a un hijo de puta que te basurea, ¿para qué mierda querés la plata, la jubilación, el empleo, el banco y la re mil puta madre que los parió?

Después del mediodía cerraron el negocio, cargaron la Singer electrificada y envalijada en el jeep de mi abuelo y fueron a Longchamps. La máquina era un regalo que hacía a su esposa un marinero mercante de la flota fluvial. La había pagado antes de embarcarse, pero como iba a volver dentro de diez días y la mujer cumplía años, el marinero le pidió encarecidamente a Victorio que la entregara ese día en el domicilio.

Longchamps era bastante despoblado, y el barrio adonde iban era nuevo, se había loteado recientemente, y empezaban a construirse algunas casitas muy modestas. Los terrenos estaban divididos por alambrados. Era campo pelado; ni árboles había. La calle de tierra tenía cráteres más que pozos, y la durísima suspensión del jeep hacía temblar y sacudirse las monedas, los huesos, las manijas, las puertas y todo lo que pudiera vibrar.

Ya estaban llegando cuando Victorio dijo a mi padre:

-Ahí va mi cliente. ¿Pero no estaba embarcado?

Efectivamente, un trabajador con bolso al hombro iba caminado por la calle de tierra al rayo del sol. El jeep a paso de hombre se le puso a la par.

-Buen día, don Garin- dijo el marinero, de apellido García, sonriente-. No se asombre de verme, me desembarcaron antes por una avería en el buque, y pude venir a pasar el cumpleaños con mi señora. No hace falta que suba al auto porque ya llegamos, es allá.

La casita era modesta, tenía revoque grueso y estaba sin pintar. Don García metió la llave en la puerta mientras Victorio y Hugo bajaban la máquina de coser del jeep. La llave hizo tope contra otra llave del lado contrario. "Está cerrado de adentro, esperen que llamo". Y empezó a golpear.

Nadie contestaba. Silencio sepulcral. Don García empezó a llamar a la mujer por su nombre, mientras se ponía un poco nervioso. Al fin se sintió una voz femenina que decía:

-¿Sos vos, amor? Estaba durmiendo la siesta, esperá que ya te abro.

Pero don García consiguió empujar la llave de adentro y meter la suya, abriendo la cerradura. Se volvió hacia Victorio y le dijo:

-Ya está, venga, don Garin, traiga la máquina por aquí.

Entraron por un pasillo oscuro. De repente, al final del pasillo, salió un señor de una habitación, caminando muy tranquilo, en calzoncillo y con un pantalón doblado prolijamente sobre el brazo izquierdo.

-Buenas tardes, don García. Gusto de verle- dijo impertérrito. Luego se dirigió a la puerta trasera de la casa y salió al exterior sin que se le moviera un pelo.

Don García permaneció atónito unos segundos. Enseguida se le oyó murmurar:

-Hijo de mil puta. Puta de mierda, ya te voy a dar. ¿Dónde está la escopeta? ¿Dónde está la escopeta?

Victorio y Hugo se miraron en silencio procurando no soltar la carcajada. Dejaron la máquina de coser ahí mismo en el pasillo, y, sin quedarse a probar la costura, se retiraron estratégicamente hacia el jeep. Subieron y arrancaron a toda prisa.

Por los terrenos linderos, llegaron a ver, antes de irse, al señor de los pantalones, corriendo en calzoncillos y saltando los alambrados de púas con agilidad digna de un atleta olímpico. El pantalón que sostenía en una mano flameaba victorioso como un estandarte militar después de la batalla. Don García corría un poco más atrás con su escopeta, abriendo fuego en dirección al fugitivo y volviendo a cargar los cartuchos.

Victorio y Hugo no pararon de reír en todo el camino de regreso, sin dejar de admirar la notable sangre fría del hombre de los pantalones, que con su cordial saludo había desconcertado al marido el tiempo suficiente como para ganar la delantera.

Rieron tanto que les dio sed y tuvieron que parar en un bar de Burzaco, y Victorio tomó un par de ginebras, y Hugo se siguió riendo y riendo con Victorio hasta que casi le pareció que ya no tenía cuello almidonado.

Ese día el gerente estaba de peor humor que de costumbre y gritaba con su voz de pito. Le gritó a una empleada y retó a un contador. Y seguía malhumorado cuando terminó el arqueo de caja, a pesar de que ya era tarde y debía estar cansado de enojarse. Entonces Hugo oyó la voz de pito que lo llamaba:

- Garin, venga un momentito, por favor.

Sus compañeros lo miraron con lástima.

Hugo se puso la puntiaguda y afilada lapicera fuente en el bolsillo de la camisa y fue a la oficina del gerente.

-Hubo problemas en su caja -dijo el gerente-. ¿Usted no presta atención?

-Sí que presto atención y no hubo ningún problema. Yo entregué todo correctamente.

-No me venga a discutir. Si le digo que faltó plata, faltó plata.

-Muestremelo.

-¿Cómo que se lo muestre? ¿Es usted estúpido? El contador me dijo que estaban mal las cuentas. Mire.

Mi padre miró los papeles que acreditaban su falta y que arrojaban una diferencia de centavos.

-¿Y por esta diferencia me viene a insultar y tratar de estúpido? Descuentemela del sueldo.

-No se haga el vivo, Garin. Hoy faltan centavos, mañana falta una suma mayor, porque no está prestando atención.

A estas alturas el almidón del cuello estaba asfixiando a mi padre, así que desanudó la corbata y desabrochó el botón, tomó la lapicera fuente y comenzó a blandirla frente a la cara del gerente, mientras le decía en voz bien alta, para que escuchen todos los empleados del Banco:

-Oime, energúmeno, esta es la última vez que me maltratás porque te voy a romper la cara, pedazo de mierda. Descontame esos centavos del sueldo y métetelos en el culo. ¡Y renuncio!

Y le arrojó la lapicera al escritorio, con tanta furia que la punta se clavó en la madera, donde el gerente tenía la mano apoyada, entre los dedos índice y mayor, y quedó vibrando como una flecha al dar en el blanco.

Salió y fue a dar unas vueltas a la manzana, para calmarse. Al regresar a buscar sus cosas, los empleados hicieron un silencio sepulcral. Fue a la caja y recogió sus efectos personales sin que nadie le dijera nada, y se fue, y no volvió nunca más.

Al día siguiente ya estaba arreglando máquinas en el taller de Victorio, con la grasa hasta la frente, sucio, desprolijo y feliz, como hizo por el resto de su vida sin arrepentirse de haber abandonado el Banco ni por un solo instante. No se supo que volviera a jugar al rugby ni que se siguiera reuniendo con los petiteros de la confitería Gallardón, ni que se diera aires de dandy ni de lord inglés.

Y no volvió a sentir que un cuello de camisa lo

ahogaba por el resto de su vida.

Mis padres hacían buena pareja y se llevaron siempre bien, salvo las inevitables peleas matrimoniales, que nunca pasaban a mayores. Eran bastante modernos en cuestiones de sexo. Aún de viejos, seguían siendo más modernos que –por ejemplo- mi hermano menor, Cristian, quien, ya hombre seguía imaginando que nuestros padres no tenían sexualidad. Muchos años después de la muerte de Hugo, empezó a protestarle a mi madre porque chateaba:

-Dejen los coqueteos y el sexo para los jóvenes. Ustedes los viejos deben dedicarse a cuidar a los nietitos.

Mi madre le respondió:

-¿Pero qué te pensás? ¿Qué con tu padre no hacíamos el amor? ¿Ustedes nacieron por generación espontánea? No, señor. Siempre nos gustó el sexo y siempre lo practicamos, de jóvenes y de viejos. Para que sepas, y aprendas, hasta que él se murió seguimos manteniendo relaciones sexuales.

Mi hermano Cristian quedó estupefacto con esta respuesta.

Neli siempre tuvo una mente abierta y desprejuiciada, dispuesta a simpatizar con gays y lesbianas, algo muy inusual para su época. Hugo era bastante prejuicioso, pero eso no le impedía ser partidario de que la gente disfrute de la vida, se tratara de sexo o de un buen vinito tinto. Una vez una parienta entrerriana, mujer de mediana edad, soltera, a quien sus padres reservaban "para vestir santos", porque era quien debía –según ellos- cuidarlos en su vejez, le consultó indecisa sobre irse o no a vivir con un tipo que la cortejaba; no estaba segura de si le iría bien o no, si duraría, etc.; mi padre la interrumpió y le dijo:

-Primita querida, tus papás son muy buenos, pero son unos egoístas, si quieren una enfermera que la paguen, plata no les falta; vos todavía sos joven, tomate el buque y ándate con este hombre. ¿Pensás que a lo mejor es un chanta, que no va a durar? Y bueno, que no dure, pero mientras tanto divertite. ¿Quién te quita lo bailado? Tirá la chancleta de una buena vez, que cuando seas vieja no te van a dar bolilla.

Consejo que la parienta siguió con provecho y sin arrepentirse.

En aquellos tiempos perduraban en mi viejo barrio las costumbres comunitarias que luego la modernidad y el odio al prójimo abolieron: todavía recuerdo las mesas de Año Nuevo tendidas sobre la calle de tierra, a las que se sentaban todos los vecinos de la cuadra, previo cortar el tránsito, cada cual aportando algún manjar; recuerdo también las fiestas de Carnaval, y a mis padres intercambiando baldazos de agua con los vecinos, persiguiéndose por patios y pasillos y dándose emboscadas; los adultos se reían más que los niños; por las noches se cortaban una vez más las calles y alguien sacaba a la puerta el Winco gangoso y de sonido metálico y se colgaban luces de colores a lo largo de toda la cuadra y comenzaba el baile. Fue en una de esas celebraciones que ocurrió un desliz que mi madre reclamaría a mi padre durante décadas. Ella se sintió mal a causa de un dolor de muelas y le pidió a mi padre volver a casa. Hugo le respondió que fuera a acostarse, que en unos minutos él también iría. Pero tardó mucho más de unos minutos. Digamos que tardó más de una hora, o tal vez dos. Al día siguiente una vecina insidiosa le comentó a mi madre que Hugo había bailado muy entusiasmado con otra vecina joven, divorciada, rubia y bonita de la vuelta de casa... Ser divorciada era, en aquellos años, sinónimo de amenaza directa a los hogares. Mi madre le armó un escándalo a Hugo y estuvo una semana sin hablarle. Después parece que lo perdonó, pero no del todo, porque cada vez que discutían, así fuera por la canilla del baño que goteaba, mi madre no perdía la oportunidad de traer a colación aquella remota ofensa. Un crimen puede prescribir, un homicidio puede indultarse, pero un baile de Carnaval con una vecina bonita es algo que nunca, nunca, puede ser olvidado ni perdonado, y debe estar siempre disponible para echarse en cara en cuanto se ofrece la ocasión.

-¿Y la vez que me dejaste sola, con una infección en la muela, para irte a bailar con la Porota? Mejor no me hagas acordar.

-Pero si yo no te hago acordar –le respondía mi padre-. Vos te acordás solita. Hace cuarenta años que te seguís acordando de ese baile. –Y luego agregaba, conciliador-: Vamos, Nelucha, cambiemos de tema.

El apelativo "Nelucha" era su bandera de rendición y/o su recurso postrero para tratar de ablandar a mi madre.

Lo más curioso del caso es que Neli siempre sostuvo que ella no era celosa ni se preocupaba por el hecho de que la clientela de mi padre fuese principalmente femenina, compuesta de costureras, y ni siquiera había hecho una escena –afirmaba- cuando oyó desde la trastienda del local a una atractiva paraguaya explicar a mi padre la operación de mama que acababan de hacerle, sin dejarle la menor marca, acompañando sus palabras con una exhibición en vivo y en directo de sus pechos rozagantes. "Ahí aparecí yo y se terminó la charla", se limitaba a decir.

Mi padre jamás reconoció ninguna aventura: a diferencia de Victorio, tuvo una vida hogareña. Cuando Neli intentaba prohibirle los excesos gastronómicos, Hugo replicaba:

-No bebo, no fumo, no ando con mujeres. Lo único que hago es comer. ¡Al menos dejame esa alegría!

Mis padres tuvieron tres hijos: Ricardo, el primerizo, fue jefe de máquinas en buques mercantes; yo, cuatro años menor, me dediqué a la abogacía; y Cristian, siete años menor que yo (único hijo no planificado), también comenzó a ejercer como abogado de adulto, después de dedicarse a otras actividades. Los hijos tuvimos, a nuestro turno, tres nietos, uno cada uno: Alan (de Riki); Victoria (mía); Lourdes (de Cristian). Las vueltas de la vida han querido que Alan y Victoria regresaran a estudiar, trabajar y vivir a las tierras de nuestros ancestros franceses e italianos.

Cuando nació mi hermano mayor, que era rubio y blanco como bebé de propaganda, las vecinas la paraban para mirarlo y elogiarlo; cuando nací yo, morocho y con los pelos negros de punta, como un puercoespín, las vecinas decían decepcionadas: "Pero éste no es como el anterior". Yo padecía la maldición de Camilo de ser el único negrito, pues cuando nació Cristian era tan pero tan rubio que su cabecita brillaba al sol como prendida fuego.

Todos fuimos educados en el valor de los estudios, la cultura y el trabajo. Siendo joven, mi madre estaba al tanto de las nuevas teorías educativas y era seguidora de Florencio Escardó y de Eva Giverti y su "Escuela para Padres"; también leía los historiales clínicos de Freud. Ella misma se encargaba de enseñarnos a leer con el célebre libro "Upa" y luego con "Platero y yo" y "El Principito", porque creía en la estimulación y en las virtudes de la lectura. Yo aprendí a leer a los cuatro años. Mi padre, que era buen dibujante, nos enseñaba a dibujar copiando historietas o haciendo caricaturas.

Había en mi casa una nutrida biblioteca que yo con los años le usurpé a mi madre; todavía conservo libros amarillentos que ella compró en su adolescencia, cuando suplía la falta de estudios con la formación autodidacta. En esa biblioteca conocí la literatura universal. No siempre las traducciones eran irreprochables, pero eso es "pecata minuta".

Mis padres compartían la pasión por el cine. Hugo, lamentablemente, desarrolló una gran dependencia del cine norteamericano, que le impedía apreciar cinematografías de otras latitudes. Siempre discutían sobre las películas italianas: mi madre admiraba el neorrealismo y a Vitorio De Sica; mi padre consideraba un insulto que Fellini hubiera puesto al gran Anthony Quinn a lavarse las patas en una palangana en "La Strada", y decía que para ver tanos en camiseta lavándose las patas le alcanzaba salir a la vereda sin necesidad de pagar una entrada de cine. Él tenía un método muy simple de clasificación de las películas no norteamericanas: las italianas eran tanos en palangana; las francesas, parejas cogiendo en la cama; las japonesas, samuráis dando alaridos; las suecas, narices y anteojos en primer plano; las argentinas, un montón de boludos recitando. Su mundo era muy clasificable.

También mi madre se esforzó por inculcarnos el amor a la música clásica, esfuerzo que sólo rindió frutos conmigo. Aunque en aquella casa se escuchaba toda clase de música. Mi madre era la campeona del folklore; mi padre del jazz; ambos del tango y el bolero. Eran de la generación anterior a la aparición de los Beatles. Todos los domingos a mi padre le agarraba la nostalgia jazzística y nos torturaba a las nueve de la mañana poniendo jazz a todo volumen mientras encendía el fuego para el asado; mi hermano Riki ha quedado de tal manera inmunizado contra el jazz que no puede oir una sola nota sin sentir náuseas.

A pesar de tanto esfuerzo por la ilustración, la modernidad y la cultura, nunca faltaban los mamporros a lo bestia. Cuando hacíamos demasiadas diabluras, mi madre esperaba a que mi padre regresara del trabajo para empezar con la cantinela:

-Hoy me volvieron loca, hicieron esto o aquello, tenés que poner orden.

Hugo estaba cansado y no quería ejercer el rigor, pero mi madre insistía tanto que al final lograba sacarlo de las casillas. Nos llamaba y nos propinaba unos castañetazos en la cabeza que nos dejaban enfermos. El cerebro me bailaba dentro del cráneo durante dos o tres minutos, hasta que se estabilizaba. Después de haberlo instado a pegarnos, mi madre se arrepentía y decía. "No, Hugo, en la cabeza no, que tenés la mano pesada y los vas a dejar tontos", a lo cual Hugo respondía: "Me estuviste rompiendo las pelotas dos horas con que les pegue y ahora querés que no les pegue." "Pegales, pero en la cabeza no". Siempre la misma escena, una y otra vez.

Hugo era el genio de los cuentos. Su imaginación era un poco infantil, y por eso le resultaba muy fácil conectar con los niños inventando o adaptando historias. Durante años nos contó, a la hora de la siesta, en la cama, historias fantasiosas en episodios interminables, inspiradas en "Las Mil y Una Noches", o en la película "El Ladrón de Bagdad", llenas de magos, hechicerías, monstruos y prodigios. Cuando la historia se ponía más interesante, Hugo empezaba a parpadear, su voz se ralentizaba y pronto el relato era reemplazado por un estruendoso ronquido. Riki y yo, acostados a su lado, empezábamos a darle codazos para que despertara y siguiera con el cuento; abría los ojos, decía dos o tres palabras más y se volvía a dormir.

Los ronquidos de mi padre siempre fueron una maldición doméstica, motivando no pocas de las trifulcas con mi madre, de sueño ligero. Más que ronquidos, eran movimientos telúricos. Y a veces iban acompañados de extrañas pesadillas en las cuales mi padre, incapaz de despertar mientras lo perseguía un monstruo o una araña gigante, comenzaba a pedir ayuda a quienes –aún dormido– sabía que estábamos cerca. Ese trastorno del sueño, que luego supe que no es infrecuente, me asustaba cuando yo era chico, especialmente al oír la voz de mi padre pidiendo a gritos que lo despertara y pronunciando mi nombre con acento de ultratumba.

Nos encantaban sus cuentos de terror, viejas historias de Entre Ríos. En el campo, donde él había pasado muchos veranos en casa de sus abuelos, las historias de lobizones y luces malas eran más que habituales. Una vez unos parientes lo llevaron a ver la luz mala que solía aparecer sobre un alambrado lejano. En plena oscuridad avanzaron por el campo hasta llegar a un buen punto de observación. Hugo siempre recordaba aquel fuego fatuo que caminaba sobre el alambrado, se detenía, subía en el aire, se dividía en dos bolas de fuego y se volvía a unir. Los entrerrianos creían que eran espíritus, almas en pena, como se cree en todo el interior. También le tocó dormir en una casa cuyo techo era sacudido por constantes ruidos de objetos rodando, sin explicación; las prendas en los roperos aparecían siempre con las mangas anudadas, aunque uno las hubiera guardado recién y hubiera cerrado la puerta del armario solo unos segundos; era una casa encantada. Vio allí mismo a un peón que una noche, estando mamado, se quedó bajo la higuera –árbol satánico- a esperar al Diablo, y a las doce de la noche lo debió haber visto porque empezó a los cuchillazos hacia la nada; tuvieron que ir a agarrarlo tirándole una manta encima para evitar que se destripara a sí mismo en el entusiasmo luciferino. Mi abuela Beatriz había visto con sus propios ojos una tapera, propiedad de un comisario ya fallecido que cargaba muchas muertes injustas, cuyas paredes semiderruidas recibían una constante y regular lluvia de piedras, como si los espíritus de los asesinados siguieran repudiando al comisario arrojando proyectiles desde el más allá. Todo eso nos contaba Hugo, magnificado y convertido en historias de espectros; pero lo que más nos gustaba eran sus historias de lobizones, séptimos hijos varones metamorfoseados en luna llena, combatidos por un gaucho justiciero, el Pastor Luna, personaje plagiado de un radioteatro. Siempre nos las contaba en las noches oscuras, en Santa Teresita, en medio de los médanos; a veces se nos adicionaba como audiencia un vecinito que vivía por allí y jugaba conmigo, y el pobre chico se asustaba tanto que no quería volver a la casa cruzando el arenal, y había que acompañarlo para evitar que lo atacara algún lobizón.

Cuando yo era muy pibe, mi barrio seguía siendo una comunidad de vecinos y aún no se había convertido en uno de esos barrios-dormitorio, donde la gente sólo va a pernoctar. Todos se conocían como en un pequeño pueblo, pese a estar en pleno Conurbano entre millones de habitantes; los chismes estaban a la orden del día. Las cuadras conservaban aún muchos baldíos con sus matas de hinojo silvestre y sus tupidos cañaverales, donde jugábamos los niños fingiendo ser soldados de película en Corea o Tarzanes en ojotas de una jungla imaginaria; y durante las cálidas noches estivales permanecíamos en la vereda haciendo diabluras hasta pasada la medianoche, sin que a nadie se le cruzara el temor de ser asaltados, secuestrados o violados. Hacia la una de la mañana salía Neli a la vereda y empezaba a gritarme: "A dormir". A la vuelta de mi casa había una pequeña villa, un asentamiento de gente muy pobre, y jamás vinieron de allí ladrones o narcotraficantes a atacarnos, y nosotros, niños modositos de clase media, compartíamos la escuela pública, la cancha de futbol y las figuritas con los chicos villeros. Había nísperos y granados y otros árboles frutales que hacían la delicia de los pibes. Con mi amigo y vecino Eduardo nos pasábamos el día entero andando en bicicleta por los lugares más remotos, o jugando a la pelota, los autitos, las bolitas o las figuritas, pues aún no existía internet, y ni siquiera la televisión estaba muy difundida. La vida era simple, directa. Imperaba el ser humano "concreto", con nombre y apellido; las alegrías eran también simples y reales. Todo aquello se ha perdido: sólo vive en el recuerdo de quienes conocimos un mundo donde los adultos jugaban al carnaval y los niños éramos felices con pedazos de vidrio multicolor o kartings de tabla de madera con rulemanes. La infancia era una vertiginosa e ininterrumpida sucesión de juegos al aire libre, rodillas sucias, moretones y raspaduras, trepadas a los árboles, escapadas en bicicleta y "picados". Muy pocos juguetes se compraban, porque eran caros; los fabricábamos nosotros, y nos parecían maravillosos. Los únicos asesinatos de niños de que había noticias eran los cometidos por el Petiso Orejudo a principios de siglo. ¿Qué niño tenía miedo? Sólo temíamos al hombre de la bolsa, a las gitanas que según el prejuicio popular se llevaban a los chicos debajo de las polleras, o al lobizón de los cuentos de mi padre... Y las madres no se preocupaban por una lastimadura más o menos sufrida en nuestras travesuras, ni andaban persiguiéndonos con productos químicos para matar bacterias (porque era normal y saludable en todo pibe vivir herido o roñoso), ni estaban obsesivamente encima nuestro para evitar que nos viole un degenerado (porque sabían que en cualquier lugar donde nos encontráramos jugando habría algún vecino que discretamente cuidaba de nosotros). Era cierto que también había gente mala, envidiosos sin remedio, chismosos, algún que otro malandra, un par de mujeres de mala vida, una peluquera que en su doble existencia era también madama de un prostíbulo mientras su marido –notorio "ocho cuarenta"- se dedicaba a cocinar y lavar la ropa, y no faltaban las brujas con sus hechicerías, ni el malparido que le pegaba a su mujer, y hasta hubo tres suicidios en el vecindario. No era un mundo de égloga, pero era un barrio donde la gente todavía era de carne y hueso. Podría dedicar páginas y páginas a hablar de mis vecinos, gente de trabajo, algunos personajes de sainete o realismo mágico, muchos de ellos inmigrantes que todavía pronunciaban mal el castellano, como aquel matrimonio de tanos tan superlativamente amarretes que era más fácil asaltar un banco que pedirles un racimo de uvas de la parra, o el alemán hitleriano al que le volé con un petardo el timbre y prometió enviarme a la cámara de gas, o aquellos dos hermanos gallegos de lengua enrevesada que se dedicaban a la carpintería y tenían varios dedos menos por mano a causa de la sierra circular y se ponían a discutir entre ellos y terminaban a las trompadas en el piso de la carpintería, maldiciendo y cagándose en Dios y en su putísima madre María (cuando yo escuchaba esas blasfemias esperaba ver caer un rayo justiciero del Cielo, y creo que la falta de castigo divino fue una verdadera semilla de ateísmo que hizo que dejara de ir a la parroquia de Santa Teresita, a pesar de lo mucho que me gustaba cierta feligresita). Pero es cierto que uno idealiza el paisaje de su infancia. Decía Proust, si no me confundo, que todos somos ciudadanos de la infancia. Una vez oí un reportaje al cantor Argentino Luna, y le preguntaron por qué razón evocaba con tanta frecuencia su pueblo natal en sus canciones, y él respondió con esa sabiduría que no dan las facultades ni los títulos:

-Porque es el único lugar donde fui niño...

Mi abuela Nani murió poco después de Perón. Mi abuelo Camilo intuyó su muerte una noche en que, acostados ambos en la cama matrimonial, ella le pidió que le frotara la espalda con crema Ponds. Mientras Camilo lo hacía, tuvo una de sus visiones. La espalda de su esposa fue de repente la espalda de una muerta. Ya he contado que tambien mi madre tuvo un presagio parecido cuando una maceta redonda de su mamá se convirtió, por una décima de segundo, en un ataúd...

Mi abuela Nani, una mañana, se sintió cansada mientras caminaba por la galería techada de la casa chorizo en la calle Mitre de Lomas de Zamora. Se sentó en el sillón hamaca de mimbre que le había regalado mi abuelo hacía más de diez años y que a ella le encantaba, porque acostumbraba hamacarse en él todos los santos días, mientras miraba las flores. Mi abuelo Camilo, ya jubilado hacía tiempo, había salido a comprar pan, y cuando volvió la encontró en el sillón, el cual todavía pendulaba con el último impulso. Parecía dormida.

Ella fue la primera persona muerta que vi. En el velorio estaba acostada en su cama, boca arriba, aún no la habían puesto en su ataúd. En esos tiempos a la gente se la velaba en su casa y no en las empresas de pompas fúnebres. Dicen que a veces los muertos tienen movimientos espasmódicos, producto de los cambios químicos internos. Recuerdo que mi abuela se movió y comencé a decir que estaba viva. Tal vez simplemente fue mi deseo.

La siguiente en morir, unos dos años después, fue mi abuela Beatriz, por cáncer de útero, como he contado. Su esposo Victorio la sobrevivió varios años, pero era como si no viviera, ya que estaba hundido en una nube a causa de la demencia. Cuando mi padre lo visitaba en la clínica, solía decirle confidencialmente que las enfermeras le sacaban la ropa porque querían hacer el amor con él. Siguió siendo el mismo Victorio, fauno irredimible, siempre listo para el sexo aunque no recordara ni cómo se llamaba.

Camilo, tras la muerte de Nani, comenzó una peregrinación viviendo con distintos hijos, con los que irremediablemente se peleaba después de un tiempo, debido a su mal carácter. Fue un error no haberlo dejado en su casa de toda la vida. Los últimos años los pasó en una piecita alquilada. Estaba tranquilo al no tener que convivir con nadie. Sólo había podido vivir en paz con Nani.

En su cuartito tenía una guitarra donde a veces tocaba algunos acordes y entonaba una cansina payada o un aire de milonga. Me regaló decenas de poemas que escribía con una letra primorosa. Uno que tengo frente a los ojos en este instante recuerda a su mujer y preanuncia su muerte; transcribo algunas estrofas:

> Qué noche tan triste.
> Y yo ya no puedo
> Conciliar el sueño
> Que ahora galopa
> En un entrevero.
> Qué noche tan triste.
> Dormirme quisiera,
> A Dios se lo pido,
> Junto a mis recuerdos.
> Qué noche tan triste.
> Dormirme con ella,
> Y no despertarme,
> Tan sólo quisiera.
> Y en el sueño eterno,
> Al entrar, quisiera
> dormirme abrazado
> Muy juntito a ella.

Falleció en los años noventa del siglo pasado, mientras mi madre le sostenía la mano y le murmuraba que al fin había llegado el momento de poder descansar.

Nuestro barrio, tan calmo y pacífico, no estuvo exento del Terrorismo de Estado. Tampoco lo estuvo nuestra escuela secundaria, la Normal de Banfield.

Todo empezó a pudrirse con la muerte de Perón. Ese día se acabó un país. Y se acabó para siempre. Y nunca más pudimos recuperarlo. Desde entonces vivimos en una larga decadencia, con algunos momentos de tregua y nada más.

Recuerdo que mis padres, que no eran peronistas sino todo lo contrario, se alegraron cuando Perón volvió en 1972 y luego fue electo Presidente en septiembre de 1973. Pensaban:

-Si nadie pudo gobernar el país para bien, dejemos que lo haga Perón. No nos gusta, pero es el único que ha podido hacerlo.

Cuando comenzó a desatarse la violencia, el terrorismo y las bombas, pensaban:

-Si hay alguien que puede frenar esta violencia es Perón; si él no puede, nadie puede.

En 1973, mi padre volvía todos los días a casa y comentaba:

-Los clientes que vienen al negocio están contentos, la gente en la calle está contenta, todos están contentos con la vuelta de Perón. No lo quiero a Perón, pero si la gente está contenta, yo también. Cuando la gente está contenta se venden más máquinas de coser, más bobinas y más agujas. Y quién sabe, a lo mejor tienen razón en estar contentos, y de una vez por todas nos va bien a todos.

En la villa, a la vuelta de casa, había festivales todos los fines de semana, y los villeros empezaron a hacer paredes de cemento para reemplazar a las de chapa.

Pero después murió. Y la madre de Eduardo, mi amigo, lloraba a moco tendido frente al televisor, y mis padres se pusieron serios y dijeron:

-Acá va a pasar algo malo.

Escucho muchas veces decir, sobre la dictadura militar, que la gente no sabía lo que estaba pasando, y eso es una mentira gigantesca y monstruosa. Todos sabíamos. Se fingía no saber por miedo, nada más.

Mis padres no eran activistas ni tenían contactos en las altas esferas. Pero sabían que se estaba masacrando gente. Todos los días había algún comentario al respecto, que se murmuraba en la mesa familiar, acerca de algún conocido. ¿Cómo puede haber gente tan hipócrita y mentirosa que diga que no sabía nada, cuando yo, que tenía diez años al morir Perón y doce cuando arreciaba la dictadura, sabía de las masacres y torturas y fusilamientos, y nadie en mi casa hacía política ni teníamos contacto alguno con organizaciones guerrilleras ni con los milicos? Hay que dejar de mentir. Toda la Argentina sabía lo que pasaba, pero no quería saber.

Aún hay alemanes que dicen que los alemanes de tiempos de la Guerra no sabían de los campos de exterminio, aunque las SS sacaban a sus vecinos judíos y comunistas de sus casas y los veían pasar en los trenes rumbo a la solución final.

¿Cómo podríamos decir que no sabíamos lo que pasaba cuando un día el barrio entero apareció rodeado por el Ejército, y los soldados se echaban cuerpo a tierra en los jardines o se apostaban en los techos de las casas, y hasta en el almacén de doña María y de don Raúl se comentó durante días que esa mañana la joven secuestrada había ido de compras al almacén con su bebé en el cochecito? Los vecinos que hacían cola en el almacén la vieron, y doña María y don Raúl también. Y vieron, porque lo contaban, que la chica salió con su bebé, totalmente desprevenida, y se le acercaron unas personas de civil y le sacaron el bebé y se lo llevaron, y a ella la metieron en un Falcon, y trató de tomar una cápsula de cianuro para que no la pudieran torturar, y uno de sus secuestradores le dio una bofetada y la obligó a escupir el cianuro. ¿Dónde escuché yo esto? ¿Lo leí acaso en el Nunca Más varios años después? ¿O lo escuché en el almacén de doña María y de don Raúl, contado por ellos mismos, mientras esperaba en la cola para comprar medio kilo de queso mantecoso y medio kilo de dulce de batata? ¿Entonces, cómo pueden decir que "no se sabía"? ¡Si hasta lo comentaban en el almacén!

Si yo no hubiera sido púber entonces, no podría poner en duda a los mentirosos que dicen que no se sabía, pero yo tenía doce o trece años cuando se llevaron secuestrada a esa chica delante de todos los vecinos, y el Ejército lanzó el operativo contra la casa de la chica, porque sabían que adentro había otros dos cuadros montoneros armados, y comenzó la balacera, y duró horas y horas, y mi madre se tiró con mi hermanito Cristian debajo de la cama, y todo el barrio se volvió un infierno. Para matar a dos, desplegaron decenas de efectivos, y llenaron el barrio de camiones del Ejército, y la pared de la casa quedó como un colador. Si yo no hubiera entrado a la casa baleada días después con mis amigos y no hubiera visto los restos de sesos en las paredes ni la sangre en el piso, podría creerles a los hipócritas que dicen que entonces no se sabía, pese a que los militares dejaban abiertas las casas demolidas a balazos, a la vista de todos, y los pibes de los barrios podíamos colarnos para espiar los restos de la masacre… Claro: ¡si todo eso lo hacían a la vista justamente para asustar!…

Podría creerles a los mentirosos que dicen que no sabían, si no hubiera ido a una escuela en la que desaparecieron 34, entre alumnos y ex alumnos, y a tres o cuatro de los que desaparecieron los conocíamos, y en los recreos comentábamos entre los pibes, en un susurro, que la hija del buffetero no había regresado más, y veíamos al hombre ir a atender el buffet sin dormir, con profundas ojeras y los ojos llorosos, día tras día, vendiendo sándwiches de jamón y queso como en una nube, porque la chica era uno de esos que no volvieron. Si los pibes de la secundaria lo sabíamos, ¿cómo puede ser que haya gente capaz de decir que no sabía, que recién se enteró cuando Ernesto Sábato publicó el informe de la Conadep? ¡Qué puta costumbre de mentir!

Tanto lo sabíamos que lo supimos incluso antes de que sucediera. Un día mi padre, que no era dirigente político, ni militante, sino un simple comerciante y mecánico con las manos sucias de grasa, nos juntó a todos en la mesa familiar, pero especialmente a Riki y a mí, y nos dijo:

-Se viene tiempos muy feos y van a matar a mucha gente, sobre todo jóvenes. Así que a partir de ahora ustedes no hablan de política. Ya sé que son chicos y la política no les interesa, pero igual no hablan. Vos especialmente, Riki, que estás en edad de que te hagan pelota, no hablás una sola palabra ni con tus amigos. Cuando entrás a la escuela, sos mudo. Si alguien te pregunta de qué partido sos, vos decís: "soy de San Lorenzo".

-Pero papá, van a creer que soy estúpido.

-Justamente. Que crean que sos estúpido. Porque si piensan que sos despierto, te van a matar. Y ahora de lo que se trata es de seguir con vida.

Fue más o menos para la misma época de esta charla, año 1975 aproximadamente, todavía no había llegado la dictadura, pero andaba por todas partes la Triple A, cuando un Falcon verde se acercó a casa. Lo recuerdo bien porque fue uno de esos momentos de inspiración que tenía mi padre, cuando sacaba un conejo de la galera. Mi tío Luis, marido de Betty, la hermana de Hugo, trabajaba en la Municipalidad y andaba metido en algunos temas políticos locales, creería que sin importancia. Pero se había tenido que ir precipitadamente del país, como muchos argentinos en esos años de miedo. Fue a buscar trabajo a Estados Unidos, donde hacía rato estaba mi abuela Beatriz. Como no podían viajar todos, mi tía Betty y sus cuatro hijos se quedaron un tiempo viviendo en la casita que había construido mi abuela en los fondos del lote de mis padres.

Recuerdo que un sábado por la tarde, bajo un hermoso sol un poco fuerte, yo estaba jugando a la pelota en la vereda de la casa de Eduardo, mientras mi padre cortaba el pasto de nuestra casa.

De pronto el Falcon verde se detuvo junto al cordón.

Adentro iban cuatro monos de anteojos negros, pelo corto engominado y bigote. No se preocupaban demasiado por ocultar las armas largas. Iban con los vidrios bajos a causa del calor y se veían los caños perfectamente.

Mi padre hizo como que no los vio, hasta que el mono que iba de acompañante chistó. Mi padre se puso la mano como visera, para hacer de cuenta que no los había visto por el sol.

-Che, vos, radicha, no te hagás el boludo- dijo el mono-. Vení un momentito.

Que le dijeran radicha porque simpatizaba con Balbín ya indica que tenían mucha información. Mi padre comenzó a transpirar, y no por el ejercicio. Dejó la cortadora de pasto y se acercó. En el tramo que lo separaba del Falcon, revolvió en su cabeza todas las respuestas posibles, porque ya se imaginaba que lo buscaban a Luis.

Cuando estuvo al lado del auto, el mono masculló socarronamente:

-¿Dónde está tu cuñadito?

-¿Cuál de ellos?

-No te hagás el boludo. Luisito.

Mi padre hizo entonces la mejor actuación de su vida. Merecedora, a lo menos, de un premio Martín Fierro.

-¡Luisito! –bramó con furia- No me nombren a ese garca hijo de mil putas. No sé dónde está, pero si ustedes lo encuentran tráiganmelo, porque se fue con otra mina y me dejó a mi hermana y a cuatro pibes viviendo en mi casa, y los tengo que mantener yo. Así que si lo ven no lo vayan a matar, tráiganmelo que lo quiero matar yo por hijo de puta.

Los cuatro monos se miraron entre ellos y luego miraron a mi padre, ya con cierta simpatía y solidaridad. Y dijeron:

-Y sí, no nos extraña, estos zurdos de mierda se cagan en la familia y en la Patria. Siga con el césped, nomás, que si lo agarramos a ese puto va a cobrar como se merece.

Y se fueron.

Mi padre se secó el sudor de la frente y respiró. Yo me acerqué a preguntar:

-Papi, ¿y esos quiénes eran?

-Cuatro tipos que no quiero de clientes, ni de amigos, ni de inquilinos. Vos mejor seguí jugando.

Cuando Hugo renunció a los cuellos duros y al Banco, volvió a ser lo que siempre le había gustado: un tipo gracioso y jodón, contador de cuentos verdes, glotón y charlatán.

La glotonería es lo más fácil de ejemplificar. Le gustaba tanto comer que hasta comía con voracidad y entusiasmo la comida que preparaba Neli. Y todos sus hijos coincidimos en que la comida de Neli era incomible. No había milanesa que no estuviera carbonizada, polenta que no fuera más densa que un pastón de cemento y piedra, torta pascualina que no estuviera asentada sobre las reservas carboníferas de Alsacia y Lorena, y otras exquisiteces que reclaman silencio. Cuando recordábamos a Neli sus crímenes culinarios se enojaba y nos respondìa con razón:

-Gracias que cocinaba. Soy una discapacitada. Hubieran cocinado ustedes, vagos de mierda. Los tuve que criar yo sola con un solo brazo, malcriados. Pero tan mal no habrán comido, cuando se los ve tan grandecitos, ¿no?

Ella con Hugo no tenía problemas, porque mientras la comida pudiera llevarse a la boca, ya por eso solo le parecía una delicia. Su apetito era muy bueno y liquidaba los platos en un santiamén, dando lugar a la siguiente observación de mi madre.

-Espero no quedarme nunca sola con vos en el desierto, porque ya veo que me asesinás para comerme.

La mesa diaria era un buen lugar de encuentro y daba pie a muchas conversaciones donde nuestros padres nos contaban infinidad de historias familiares y nos educaban. A veces se suscitaban controversias. Entre las manías de Hugo estaba la de mezquinar y esconder la soda. A su vez, Neli le escondía la sal para cuidarle la presión. Cuando mis padres discutían, siempre echaban mano de los mismos insultos familiares. Mi madre lo llamaba: "Entrerriano bruto" y le recomendaba volver al campo; mi padre le decía: "Te gonzaleaste" o "te encamilaste", alusiones al mal carácter de mi abuelo.

Fuera de esos reproches, a mis padres les gustaba mucho bailar y divertirse, eran muy sociables y participaban de toda clase de reuniones y salidas. Hugo se especializaba en las payasadas, se disfrazaba o se ponía ridículas pelucas para hacer reír a los invitados. Los asados en casa duraban todo el día, y en las sobremesas Hugo representaba entremeses y tonterías que a veces surgían de su improvisación y otras veces llevaba días practicando mientras arreglaba máquinas en su taller. Recuerdo haberlo sacado en carretilla junto a mi hermano Riki disfrazado de Cenicienta; la carretilla se suponía que era la carroza, y terminó dándose vuelta y echando la rolliza humanidad de Cenicienta en un barrial. Cuando Cristian, mi hermano menor, ingresó al Colegio Sagrado Corazón, Hugo no tardó en convertirse en uno de los líderes de la asociación de padres; usaba un grueso bigote que ponía de resalto su gran parecido físico con Raúl Alfonsín, y lo imitaba para disfrute de la comunidad educativa; se distinguía organizando fiestas, asados y recitales para recaudar fondos, y solía treparse al escenario a hacer las presentaciones con tanto éxito que el cura y los hermanos corazonistas se desternillaban de risa hasta de los chistes medio subidos de tono. Un día Hugo Toledo –más tarde intendente peronista de Lomas de Zamora, que participaba de esas fiestas porque uno de sus hijos también estudiaba allí- le propuso ser animador de los actos de campaña de Duhalde en el retorno de la democracia. Mi padre, radical tremebundo, agradeció la oferta pero se negó. Más tarde, al ver que todos los allegados a Duhalde habían obtenido cargos y prosperado, mi madre lamentaba que hubiera rehusado una oferta que podía haber redundado en alguna prebenda sustanciosa; pero el alfonsinismo recalcitrante de mi padre lo impidió.

Nunca comprendí cómo Hugo pudo haber elegido la carrera de Ciencias Económicas faltándole sólo pocas materias para recibirse, pues nadie estaba más alejado del estereotipo de los contadores; nunca llevó libros comerciales, nunca se pudo jubilar ya que olvidaba hacer los aportes y cuando los hacía perdía los comprobantes; el dinero no le importaba, le prestaba a cualquiera y se olvidaba de reclamar la devolución; y cuando llegaba a casa del trabajo arrojaba los billetes hechos un bollo por cualquier lugar de la casa.

Una de sus características más notables era la distracción; no recordaba los nombres y debía inventar mil artilugios procurando evitar que sus interlocutores se dieran cuenta; una vez, tratando de aludir a su consuegro vendedor de seguros, e incapaz de recordar su nombre, aunque eran parientes políticos hacía más de veinte años y se reunían regularmente a comer asados, terminó identificándolo como: "el gordo ese, ... el de la panza, ... ¡el que vende seguros!". Debido a su distracción proverbial es que tuvo lugar uno de los incidentes más fellinescos y estrambóticos de toda la historia familiar. He dudado en relatarlo para no herir sensibilidades de algunos parientes, pero habiendo contado uno que otro crimen en páginas anteriores, no creo que la presente revelación pueda asustar a nadie. Sucedió que...

Sucedió que algunos años después del fallecimiento de mi abuelo Victorio, se presentó un día en el negocio de máquinas de coser Aurora Piter, hermana de mi abuela Beatriz y tía de Hugo. Ella siempre trataba a mi padre como si él tuviera diez años y fuera el alumno menos aventajado de una escuela para zonzos. Le dijo sin introducción alguna, con su cortante voz de pito:

-Che, Hugo, no puede ser que Beatriz y Victorio estén en cementerios distintos. Hay que sacarlo a Victorio del cementerio de Lomas y llevarlo a Entre Ríos con tu mamá. Ya tiene lugar en la cripta, y ya lo hablé con todos los parientes de Entre Ríos y están de acuerdo.

Al único que no había consultado era a Hugo, que casualmente era el único hijo de Victorio que vivía en el país, pues Betty, la otra hija, estaba radicada hacía años en Estados Unidos. ¿Pero para qué consultarlo, si ya estaba todo resuelto?

Aurora era así. Con tono imperativo y nervioso, y con su esquelética flacura de novia de Popeye, acostumbraba a imponerle a Hugo toda clase de decisiones inconsultas; y yo creo que mi padre terminaba diciéndole a todo que sí para evitar seguir escuchando su agudo registro vocal.

Hugo estaba arreglando una overlock en el taller, y como no podía enhebrar las agujas se había puesto dos pares de anteojos superpuestos a falta de uno; con lo cual su aspecto se asemejaba al de ciertos extraterrestres con múltiples globos oculares, según son descriptos en las revistas de ufología. Se detuvo con la boca abierta, como siempre que algo lo tomaba de sorpresa, y miró a su tía a través de los seis ojos, y no vio nada, así que debió levantarse los dos pares de anteojos para poder enfocar la flacura de su parienta.

-Sí, no me mires así, son marido y mujer y tienen que estar juntos- insistió Aurora, pese a que en vida estuvieron separados y se llevaban a las patadas-. Si no, qué va a decir la gente. Allá en Entre Ríos están todos esperando, y vos viste que son muy creyentes. Imaginate que venga el Juicio Final y la Resurrección de los Cuerpos, y no van a andar caminando trescientos kilómetros para reencontrarse, tus padres.

-Si viene la Resurrección de los Cuerpos, bien puede el Señor trasladarlos por los aires- dijo Hugo.

-No te hagás el gracioso con las cosas de la Religión- repuso Olivia-. Pensamos llevarlo a Entre Ríos para el día del cumpleaños. Ya están todos los Garin y los Piter avisados y están esperando, vos viste cómo son.

Mi padre desistió de discutir y se puso a averiguar cuánto podía salirle exhumar y trasladar un cuerpo a otra provincia, porque Olivia (quiero decir Aurora) había tomado la decisión, pero la plata la tenía que poner él. También se puso a revolver los cajones tratando de encontrar la constancia de inhumación en el cementerio de Lomas, hacía más de cinco años.

Justo en esos días mi madre estaba de viaje con unas amigas en la Patagonia, por lo que Hugo no pudo pedirle consejo y se limitó a seguir las órdenes de la tía. Estaba un poco de malhumor, y me dijo rezongando:

-Esta Aurora, mirá en el compromiso que me mete, ahora tengo que salir corriendo a resolver este tema porque a ella se le ocurrió.

Al día siguiente, viernes, fue temprano al cementerio con todos los datos. Ese mediodía yo estaba preparándome algo de comer en la cocina cuando lo veo entrar, pálido y desencajado.

-¿Qué te pasa, viejo?- le pregunté. Comenzó a balbucear:

-Victorio… Victorio…

-¿Qué pasa con Victorio?

-La fecha…

-¿Qué fecha?

-Hace dos meses se cumplieron los cinco años del entierro. Y yo no pagué la renovación.

-Bueno, pero ellos te avisan de que se venció.

-Dicen que mandaron cartas al viejo domicilio y como nadie contestaba…

-¿Qué?

-Lo mandaron a la fosa común. Ya está. No hay más Victorio ni nada.

Yo, que nunca fui creyente ni me importaron las cosas funerarias, me empecé a reír. Sólo a la proverbial distracción de Hugo le podía pasar algo así. Su desolada perplejidad era realmente cómica; y la situación, con todos los parientes esperando el cuerpo para el Juicio Final y la Segunda Venida de Nuestro Señor Jesucristo, y Olivia insistiendo "hay que llevarlo, hay que llevarlo", con su voz de pito, me hacía desternillar con sólo pensarlo. Mi padre esbozó una ligera sonrisa pero enseguida se puso serio.

-No jodás, que esto es grave. Mi tía ya habló como con doscientos parientes, media provincia de Entre Ríos está esperando, ¿y yo qué mierda les llevo? Ahí hablé en el cementerio y me dijeron que si les tiro unos mangos me pueden conseguir algún cuerpo de algún indigente, para salir del paso.

Nueva explosión de risa. Cuando conseguí reponerme, le dije:

-¿En serio vas a hacer eso? ¿Vas a poner a cualquier indigente con tu madre?

-No te burles, que ya es demasiado para mí. Y encima

Aurora me llama cada rato, estoy a punto de volverme loco.

-Para eso es preferible que les digas la verdad, que se te pasó la fecha de renovación.

-Nooo –repuso Hugo, aterrado-. Me linchan. Mis parientes me linchan. No voy a poder volver más a Entre Ríos.

Nos tomamos unos minutos para pensar.

-¿Y por qué no llevás cenizas?- le dije-. LLevá cenizas en una urna y se acabó.

-Pero se van a enojar, allá no se acostumbra la cremación.

-Bueno, que se enojen, el hijo sos vos y vos decidís si querés cremar a tu padre.

-No es mala idea- reflexionó-, puedo pedir que me vendan una urna y ponemos unas cenizas y le agregamos algunos huesos que me den en el cementerio por si alguien mira y...

-Pero no, Hugo, ¿qué huesos del cementerio? ¿Para qué tenemos el chivito en el congelador?

Ese domingo hicimos el chivito a la parrilla, y después de comer Hugo juntó con una pala algunas cenizas del asado y las metió en la urna que le habían vendido con la placa correspondiente, y le agregamos algunas costillas y otros huesos carbonizados del chivito, y dejamos la urna en un estante.

Cuando mi madre vino del viaje, dijo:

-Menos mal que yo no estuve, no quiero que nadie me responsabilice de lo que acaban de hacer ustedes dos".

Mi padre contemplaba la urna meneando la cabeza y diciendo:

-Pobre Victorio. Él me hubiera comprendido.

En la semana pasó Olivia por el negocio para ultimar detalles. Hugo le dijo:

-Aurora, debo comunicarte algo. Tomé una decisión. Trasladar el cuerpo en ataúd sale muy caro, son muchos kilómetros, hay que hacer autorizaciones. Así que mejor lo voy a llevar cremado en una urna. La puedo trasladar yo mismo en el auto.

-¡Pero no! –gritó la voz de pito de Olivia Popeye- ¡De ninguna manera! ¡Qué vergüenza! ¿Y la resurrección de los cuerpos, qué? No, no, no. Si no tenés plata hacemos una colecta entre los parientes y pagamos la ambulancia.

Por primera vez desde que era niño y venía aguantando los mandoneos de Olivia, Hugo se pudrió. Se sacó los dos pares de anteojos superpuestos y le dijo a su tía:

-No te estoy consultando, te estoy informando, y si no te gusta mala suerte porque es mi padre, no el tuyo. Y además, por más que patalees ya es tarde, porque ya lo hice cremar y ya tengo la urna en mi casa.

Para el día del cumpleaños, Hugo viajó en su auto con Olivia de acompañante y la urna en el asiento trasero. Al llegar a Concepción del Uruguay había una larga caravana de autos de familiares, tíos, primos, sobrinos, hijos de los sobrinos, esperando para acompañar hasta su última morada al célebre Victorio, el alma de todas las fiestas familiares de los últimos cincuenta años. La caravana fúnebre desfiló por toda la ciudad, pasando por los puntos que podían haber tenido un significado en la vida de Victorio, colegio, el centro comercial, casas de parientes; luego tomó la ruta que lleva a San Justo, pasó por la vieja casa de los primeros Garin, dio vuelta a la plaza y encaró para el pequeño cementerio donde ya descansaban los restos de Beatriz.

Todos se emocionaron y hasta olvidaron que era una urna y no un ataúd, y saludaron a mi padre con besos y abrazos, y la urna fue depositada en la cripta, donde reposan hasta hoy los restos mortales del chivito que comimos aquel domingo.

En los años ochenta y noventa, mis padres hicieron una serie de operaciones inmobiliarias, vendieron una casa, compraron otra, la volvieron a vender, nos mudamos varias veces, invirtieron en mercadería, y el resultado fue que ampliaron su comercio, pero nos quedamos sin casa y con un terreno baldío en la calle Las Heras al fondo, en Bánfield. Sin saber cómo hacer la mezcla, ni poner un ladrillo, ni armar una cañería, ni mucho menos colocar un techo, nos pusimos todos a construir, y en poco tiempo aprendimos a hacer todo, y levantamos, no una casa, sino dos, desde el cimiento hasta la cumbrera. Fue un enorme esfuerzo familiar, porque lo hacíamos al salir de nuestros trabajos. Hugo y Cristian venían desde el negocio y se sacaban el delantal del mecánico para ponerse la ropa llena de cal del albañil; mi ex mujer y yo veníamos de Tribunales, dejábamos el portafolios y nos poníamos los guantes de cuero de poner ladrillos; Neli nos acompañaba preparando sus empanadas de piedra, que, si uno las arrojaba, podían fácilmente matar a una paloma o malherir un gato. A veces venían algunos amigos y conocidos a ayudar, como mi tío abuelo Miguel Musset, experto techista, que siendo anciano no vacilaba en treparse a las alturas, o mi abuelo Camilo, que ya no estaba para subir a ningún lado pero impartía útiles consejos, y murió poco tiempo después.

En los fondos del lote hicimos la casa donde nos instalaríamos mi entonces novia (también se llama Betty, hay demasiadas Bettys en la familia) y yo al casarnos, y donde luego vivió hasta el día de su muerte mi madre. Allí pasó su infancia mi hija Victoria. Cuando nos casamos, aún no estaba terminada, y la noche anterior al Registro Civil la pasé tapiando una puerta y cerrando agujeros hasta las dos de la mañana.

Algunos piensan que usar la pala y hacer trabajos de albañilería es algo feo, pesado y degradante, y lo consideran incompatible con las profesiones liberales, pero esos no son más que prejuicios de clase; y yo confieso que aquellos tiempos de esfuerzo mancomunado, construyendo con las propias manos nuestras casas, fueron algunos de los más felices de mi vida. Así somos los boludos: nos hace felices trabajar y construir; a los vivos los hace felices cagar a los demás. Y así sucede que todo lo bueno que existe en el mundo surge del trabajo y el esfuerzo de los boludos que conformamos el pueblo; nunca los vivos que dirigen, los vivos que gobiernan y los vivos que mandan hacen nada bueno, salvo aprovechar lo bueno que hacemos los boludos, cuando no lo destruyen con sus guerras, sus bombas, sus negocios, sus dictaduras, sus guerrillas, sus fronteras, sus aduanas, sus medidas de gobierno y sus ministerios de economía.

Después vino la crisis del 2001, que fue el gran triunfo de los vivos, pues consiguieron hundir a todo un país, y los boludos casi perdimos el comercio, la casa, el estudio jurídico y el futuro. Mis padres acumularon deudas y deudas después de cuarenta y cinco años dc trabajar y trabajar, y se quedaron sin nada, y me vi obligado a convencerlos de cerrar el negocio, porque hacía más de dos años que no pagaban el alquiler y yo era el garante y por causa de todas las garantías que les presté en su afán de salvar el negocio tenía embargada hasta la sopa. Era el mismo negocio que había abierto mi abuelo Victorio cuando vino de Entre Ríos; el mismo que nos pagó la comida y la universidad; el mismo que constituía el orgullo de mi padre y la obra de toda su vida; el día que retiró la última Singer del depósito, y recogió el último paquetito de agujas, y devolvió las llaves al propietario del local, ese día empezó a morir.

A veces los boludos actuamos como verdaderos boludos y nos enojamos con quien no debemos. Yo estuve durante un tiempo muy enojado, porque pensaba que mis padres debían haberme alertado antes de la imposibilidad de cumplir con sus obligaciones, para tomar medidas que me evitaran quedar hundido bajo la montaña de sus deudas, que yo garantizaba, y por las cuales me cerraron las cuentas y me ejecutaron juicios de alquileres, de tarjetas, de la hipoteca de un departamento que no pude seguir pagando, etc. El país estaba hundido, pero yo sólo veía lo que me sucedía a mí, como buen boludo, y me enfurecía con mis padres. Era joven, necio, arrogante, y me creía el dueño de la verdad. ¡Qué rabia, qué herida narcisista, descubrir que mis padres no eran perfectos, que podían cometer graves errores comerciales en medio de la peor crisis de la historia nacional!

Tan enojado estaba que, viviendo en la casa trasera del mismo terreno, volvía muchas veces del trabajo e ingresaba calladamente por el garaje, para no discutir. Desde que nací hasta bien entrada la mediana edad, ellos me ayudaron, cuidaron y protegieron un millón de veces, pero bastó que fallasen una vez para que mi egoísmo se encrespara bajo la forma de una absurda indignación... Una vez mi madre me dijo, a modo de reproche:

-Mirá que a veces es más tarde de lo que uno cree...

Yo no la quise escuchar y seguí en mi obcecada postura.

Pero el destino fue benévolo, y me ahorró el tener que arrepentirme de una conducta irreparable.

Cierta noche regresaba de una reunión política, lleno de exasperación, cuando al pasar por el patio, sin motivo valedero, me detuve junto al paraíso deshojado y espié desde las sombras, por la ventana de la cocina de mis padres. No sé qué me indujo a hacerlo. Mi abuelo Camilo creía que los espíritus de los muertos nos inspiran y protegen, incluso de nosotros mismos. ¡Tal vez fue el espíritu de mi abuelo Camilo quien esa noche me llamó!

Allí estaban mis padres, sentados a la mesa, cenando. Solos, desvalidos. La televisión sonaba sin que le prestaran atención. No hablaban. La luz de la cocina caía verticalmente sobre sus cabezas, marcando sus facciones con dramático claroscuro. Y los vi encorvados sobre sus platos, comiendo con resignación y tristeza. Sus rostros estaban surcados de arrugas... arrugas que yo no había advertido en absoluto la última vez en que me había detenido a mirarlos con algo de atención. Estaban viejos, viejos, frágiles, tal vez vencidos... Ellos, a quienes durante tantos años vi como personas fuertes, alegres y felices, sobrellevando las adversidades, emprendiendo proyectos, animando las fiestas de sus numerosos amigos, ahora estaban quebrantados, como árboles que han recibido el azote de demasiadas tormentas. ¿En qué momento la vejez y la tristeza habían caído sobre ellos? Reculé hasta hundirme en las sombras, y me alejé como un ladrón por el jardín oscuro, hacia mi casa, cargado de remordimientos y malos augurios.

Ellos habían sido buenos padres, pero yo iba en camino de convertirme en mal hijo. ¿En qué aspecto era mejor que ellos? ¿De qué manera había adquirido mi supuesta superioridad? ¿Con qué derecho me erigía en juez implacable?

Aquella visión me devolvió la sensatez. Sacudido como por una oportuna bofetada, desistí de mis triviales reproches. Poco a poco, en los días siguientes, volví de mis pasos como un ser humano dotado de razón y sentimientos, y no como un imberbe egoísta, un pelotudo. Traté de reparar mi anterior conducta. Y así fue naciendo en mí la idea de aquel viaje. El último viaje con mi padre.

Cuando mi padre enfermó, los médicos dijeron que fue un golpe de presión. Pero yo sé que fue la amargura.

No importaba que fuese todo el país el que caía, ni que, en vez de confeccionarse camisas argentinas, se permitiera importarlas de Asia por toneladas de producto manufacturado, a centavos de dólar la unidad, provocando el hundimiento de la industria textil. Mi padre debió pensar que no había sido capaz de proteger el legado heredado de su padre, el negocio de las máquinas, el cual soñó con transmitir a su hijo Cristian.

Luego vinieron épocas de inútiles esfuerzos por reiniciar las actividades recorriendo ferias bolivianas, clubes del trueque para desempleados y talleres clandestinos: notable "capitis deminutio" para quien supo alguna vez ser concesionario oficial de la mejor marca del ramo y considerarse un competidor respetable del gremio maquinero.

La tristeza acumulada en los años de su quebranto económico estalló bajo la forma de un derrame cerebral, dándome la penosa oportunidad de ayudarlo durante su internación en el Hospital Evita.

Hugo se restableció al cabo de unas semanas, aunque un poco acobardado y con una secuela. Él, que había sabido ser tan chistoso parlanchín, y mantener en un paroxismo de carcajadas a una asamblea entera de comensales sin más recursos que su histrionismo y un par de anécdotas subidas de tono, padecía ahora una visible dificultad al hablar. Cuando intentaba contar un chiste, la lengua no lo obedecía, perdía la gracia, y la leve humedad de una lágrima de impotencia afloraba a sus pupilas azules. Pero jamás se quejó.

No tuve tiempo de proponerle el viaje que meditaba: poco después, volvió a caer internado, ahora en el Hospital Gandulfo, como consecuencia de un tumor. Lo operaron y curó rápido de la cirugía, aunque el médico nos había advertido que el tumor, por largo tiempo indetectado, se extendía por todas partes y no tenía remedio.

-¿Y qué tratamiento debe hacer?- preguntó mi madre.

-Ninguno, señora –dijo el médico- ¿Para qué vamos a hacerlo sufrir con tratamientos dolorosos? Tal vez viva unos meses, tal vez un par de años. Dejemoslo así: por el tipo de cáncer tal vez no sufra, pero si sufre hace poco inauguramos un servicio de cuidados paliativos.

Como era un hospital público y mi padre no tenía obra social, el buen doctor no estaba obligado a sacrificar la humanidad en aras del negocio. Fue una amable decisión, que evitó a mi padre el encarnizamiento terapéutico.

Hugo debió saber que tenía cáncer, pero nunca dio muestras de querer informarse demasiado. No hacía preguntas. A falta de tratamiento prescripto, mi madre le consiguió, por consejo de comedidos de buena voluntad - que nunca escasean en estos casos-, un cultivo de gorgojos: repugnantes insectos que debían ser ingeridos vivos por el paciente y que supuestamente ayudaban a que remitiera el tumor.

Al volver al hogar, ya no fue el mismo. Delgado, encorvado, con paso vacilante, a veces venía hasta mi casa atravesando el jardín, entre las matas de flores y la danza juguetona de sombras que proyectaba el follaje, y al verlo desde el ventanal me daba la impresión de un espectro silencioso y tímido. Yo lo esperaba sin adelantarme a su encuentro para no desairar su autonomía. Lo invitaba a sentarse frente al desayunador y compartir un mate.

Él a veces me preguntaba, con ese incómodo balbuceo que le había dejado el derrame cerebral, cosas de la política o anécdotas de viajes pasados. Porque mi hermano

Riki y yo éramos los viajeros que él hubiese querido ser de no haber tenido una familia a la cual alimentar. Me gustaba contarle de mis expediciones al Aconcagua y de la emoción y la fiebre de las grandes alturas. Yo siempre había querido llevarlo a conocer las verdaderas montañas salvajes, las que no se contemplan en la pantalla de la televisión, ni desde una ventanilla, ni a través de una cámara, allá, en los Andes Centrales, entre manadas de guanacos o bajo la solitaria majestad del cóndor. Me hacía preguntas de las veces que fui al Aconcagua, de la vez que logré tocar la cumbre, y luego callaba, soñando con aventuras. Pero se me hacía tarde para alguna audiencia y debía salir corriendo, y mi padre quedaba allí, solo, esperando la próxima conversación, porque la vida necia que aceptamos vivir es tan precipitada que no disponemos de tiempo ni para hablar con un padre moribundo...

Cuando pasó la conmoción de las revelaciones clínicas, yo me animé a confiar a mi madre y a mi esposa el proyecto del viaje. Quería mostrarle a Hugo, antes de que la enfermedad se lo impidiese, los valles abrigados, las escarpadas montañas cubiertas de penitentes y hielo, los ríos transparentes salpicando de espuma las piedras, las vegas floridas, y todas las otras maravillas. Mi ex mujer y mi madre coincidieron en preguntarme si estaba loco.

-¿Y si se descompone o hay una emergencia?- se alarmó Neli.

-¿Y qué cosa le puede pasar peor que lo que ya tiene?- respondí.

Costó lograr la anuencia de mi madre. En realidad nunca la obtuve. Simplemente apelé al hecho consumado. Propuse a Hugo acompañarme en un pequeño viajecito de pocos días a San Juan y Mendoza, en mi viejo, destartalado, leal Senda de color azul. Los ojos se le iluminaron. Amaba viajar, y extrañaba conducir desde que se había visto obligado a malvender su auto.

-¿Cómo? ¿Y los gorgojos? ¿Y la medicación para la

presión? ¿Quién lo va a controlar? –alcanzó a refunfuñar mi madre. Le respondí que no se preocupara por las pastillas, que yo me encargaba, que me diera anotados todos los horarios. Y en cuanto a los gorgojos, por cuatro o cinco días que no los comiera no se iba a agravar su enfermedad.

-Si le pasa algo –me insistió una y otra vez el día de la partida-, vos te hacés cargo. No quiero andar corriendo ni tomando micros o aviones en mitad de la noche-. Y luego agregó, con creciente rabia-: Y vos Hugo, no quiero enterarme de que comiste un asado y tomaste vino y te dio un nuevo ataque de presión.

El viejo Senda estaba cargado con ropas, abrigos y accesorios de camping. Le alcancé a Hugo el termo y el equipo de mate para que los llevara entre las piernas y los sirviera, a fin de amenizar la primera etapa del viaje.

Viky, con sus rulitos renegridos, despidió a su papá y a su abuelo estampándonos un beso, y agitó la manito desde el portón de casa. Betty saludó a mi padre:

-¡Chau, Huguito! No persiga a las chicas.

-Cuidalo, que no coma sal ni haga locuras- vociferó mi madre hasta el último aliento, prolongando los rezongos a través de la ventanilla.

Y así fue cómo, un miércoles por la tarde, mientras caían las primeras hojas de los álamos ya amarillentos de Banfield, emprendimos, rumbo al sol declinante del otoño, nuestro último viaje juntos.

Hacia la noche, ya andábamos por Venado Tuerto y picaba el hambre. Paramos junto a la ruta. El restaurante era muy amplio, limpio, bien puesto, con cinco o seis camioneros sentados a sus mesas. En un sector había varias familias en mesas dispuestas como para una fiesta; y no nos dimos cuenta sino hasta después que algunas mujeres tenían peinados y maquillajes inusualmente llamativos, y que había unos equipos de sonido.

Pedimos algo a la parrilla. Mi padre se despachó, además, a instancias del mozo, con una provoleta. Mientras esperábamos, una mujer joven y bonita se adelantó hacia un micrófono frente a las mesas concurridas y se presentó con un nombre árabe, Zaira o algo por el estilo, y dijo que agradecía todos los presentes haber concurrido a la presentación de sus alumnas de danzas árabes. Era el fin de curso y las aprendices de odaliscas exponían ante sus familias y amigos los progresos obtenidos en la Escuela de Danzas Árabes de Venado Tuerto. Los camioneros oyeron estas explicaciones con entusiasmo, y nosotros también.

La música árabe invadió el restaurante, las danzarinas se cambiaron prontamente en el baño de mujeres, y la profesora emprendió trabajosas y estilizadas contorsiones, acompañada por un grupo de hermosas odaliscas santafesinas de diferentes edades. Había adolescentes de cabello ensortijado, y jóvenes dotadas de gran agilidad, y no faltaban unas cuantas maduras atrevidas, recibidas por los aplausos y piropos de padres, tíos, novios y maridos. Mi padre y yo, sin estar capacitados para apreciar las sutilezas técnicas de las danzas árabes, no por ello dejábamos de admirarlas.

-¿Qué pasa, Hugo?" –le pregunté burlonamente- ¿Te subió la presión?

El espectáculo incluyó la donación de billetes en las cinturas, que Hugo realizó por ambos con tembloroso pulso en el vientre de una bella joven, y su punto culminante fue el baile generalizado. La profesora invitó a los varones presentes a sumarse, y así caímos en la volteada, arrastrados en un torbellino de odaliscas. Cuando pude me evadí, pero Hugo, con lerdos movimientos de convaleciente, se defendió bastante bien y no quería regresar a la mesa.

No me voy a olvidar más de ese baile surrealista.

En cierto momento, Hugo pareció cobrar desenvoltura. Reí mientras lo veía hacer unas módicas pero efectivas payasadas con las manos en lo alto, trazando arabescos y figuras en el aire. La profesora de danzas árabes, encantada, lo secundó agitando su vientre y bamboleando sus caderas. La bella joven y el frágil anciano formaron una pareja desopilante; hubo aplausos generalizados, y yo casi me deslizo debajo de la mesa a causa de la risa. Hugo estaba exultante. Había olvidado por completo su ACV y su cáncer, su ruina y sus cataclismos, y fue, durante aquellos breves minutos de gloria, el jovial Hugo de siempre, el que hacía desternillarse a sus compinches con travesuras, cuentos, bailes, pelucas y disfraces. La profesora tomó el micrófono y pidió un aplauso.

-¿Cómo se llama, abuelo?

-Soy Hugo. Estoy de viaje, con mi hijo- percibí una nota de orgullo.

Cuando subimos al auto, momentos después, Hugo aún se sonreía, con un destello nostalgioso. Tal vez recordaba los bailes de carnaval, cuando, junto a mi madre, fatigaban las pistas al son de una clásica jazz band o de la orquesta inoxidable de Darienzo...

Estamos frente al Aconcagua. Nos salimos de la ruta e ingresamos al Parque Provincial para contemplar desde lejos el Centinela de Piedra. Comienza a oscurecer y a nevar. Digo a mi padre que sé dónde podemos estar más abrigados, y lo llevo con el auto hasta el Puente del Inca. Aún las autoridades no lo clausuraron, y por eso podemos cruzarlo y descender por las escalinatas resbalosas, bajo la nieve que cae cada vez con más fuerza, cuidando de no precipitarnos al río que ruge a nuestro lado entre barrancos y piedras. Ya estamos debajo del puente y destrabo la puerta de chapa que oculta la pileta de agua termal, sólo conocida por los andinistas o los lugareños. Nos desnudamos y sumergimos en el agua sulfurosa. El sonido de las burbujas que brotan de las profundidades de la tierra no logra apagar el rugido del río ni el ulular del viento. Mi padre está en silencio. Sonríe. Tal vez imagina que es un andinista regresando de la cumbre, como leyó en aquel libro que una vez me regaló, en que los escaladores franceses logran derrotar el Fitz Roy e inaugurar una ruta en la Pared Sur del Aconcagua.

Después del viaje, mi padre estuvo un tiempo estable y desmejoró rápidamente. Se volvió muy débil para levantarse por mucho tiempo de la cama. Ya sabíamos que le quedaba poco. Mi ex ayudaba a mi madre a acomodarlo y limpiarlo, y un domingo lograron que se levante y se acerque a la parrilla, donde yo preparaba el asado.

-No puede comer- dijo Neli. Yo le dije aparte:

-Terminala, Neli, ya le queda poca cuerda, que se dé el gusto por última vez.

Y le serví cerveza y un pedazo de asado. Comió, bebió y fue feliz, y después tuvo una fuerte recaída, y a la semana siguiente comenzó a agonizar. A duras penas ese último día pudimos llevarlo al baño y volver a acostarlo; en la cama quiso hablar y ya no pudo; mi madre, mi ex y yo nos sentamos a su lado; Neli murmuró:

-Tranquilo, Hugo, descansá.

Sus pupilas se pusieron rígidas y sus ojos vidriosos, y tuvo por un momento una expresión de temor, y enseguida de calma.

Y luego descansó.

En su velorio no lloré, como no había llorado en el de Camilo. Al día siguiente tampoco lloré, ni al otro día. Pasé un mes sin llorar. Me enfermé tres veces en un mes. Resfríos mal curados, decían. A la tercera vez la fiebre me devoró y me desmayé en el baño. Esa noche soñé que yo también estaba enfermo de cáncer, y que el cáncer salía de mi cuerpo y se convertía en un árbol gigantesco, y me desperté lleno de angustia y desazón.

Pasaron unos días más, y una noche dije que iba a hacer un asado en la parrilla, y todos estaban ocupados, y me dejaron solo cocinando. Por suerte estaba solo. Y así, en soledad, me asaltó el recuerdo del último asado de mi padre.

Y fue entonces que comencé a llorar.

Y lloré y lloré y lloré, hasta caer de rodillas ridículamente.

Lloré más de una hora, y el fuego se apagó y la carne se arruinó.

Y de repente sentí que un peso enorme, enorme, se había retirado de mi corazón.

Cuando mueren los padres se siente la orfandad aunque uno sea viejo. Cae la penúltima línea de combate que nos separaba de las filas en formación de ataque de la muerte, y comprendemos de pronto que ahora la última línea somos nosotros, que nos toca ahora a nosotros resistir el fuego enemigo. La tristeza de la partida se duplica por el desamparo.

Después del adiós a Hugo, la vida se reanudó con apariencias de normalidad, como siempre pasa. Pero no sin crisis, no sin reacomodamientos. Me divorcié. Me volví a unir en pareja. Mi hijita Viki se fue a vivir a Europa, donde estudió y prosperó en la tierra de sus ancestros. Esa separación de mi hija pequeña fue más dolorosa aún. También Alan, el hijo de Riki, fue a probar suerte al viejo mundo, y también prosperó. Cerrando otra etapa del eterno periplo, la marea de los hombres y mujeres de mi familia regresaba así al punto de partida. Un ciclo, y otro ciclo, y otro ciclo.

Luego vino la vejez de mi madre y su muerte. Como en el soneto de Quevedo, no había nada en sus últimos meses que no fuese un memento mori, al advertir cómo su lucidez e inteligencia cedían paso a un estado de compasiva confusión entre lo que sucedía y lo que soñaba. La velamos en su casa, como se hacía antes, como se hizo con su propia madre. Aquella noche de invierno, hace un año, encendimos un fogón en el patio y nos quedamos los hijos contemplando las llamas a la difusa luz de las estrellas. También las estrellas habían envejecido, y ya no brillaban con la misma claridad que en nuestra infancia.

Alan y Victoria se enteraron mientras estaban juntos en la isla de Santorini, se abrazaron y lloraron y arrojaron rosas en recuerdo de su abuela en el mar Egeo. Cuando pasó la pandemia y pude viajar, llevé a Italia un puñado de cenizas de Nélida de contrabando y las echamos al viento desde la fortaleza de Asís, el santo de los animales, pues mi madre amaba como él a los pobres animalitos.

Desde entonces el pasado me rodea extrañamente. No comprendo por qué. Por eso quizás escribì estos recuerdos familiares. ¡El pasado! El peso del pasado, que antaño tenía mucho de seguridad, pero también encadenaba, se ha aligerado en el mundo de hoy hasta hacerse casi imperceptible. Mi madre solía decir que ella nació cuando todavía buena parte de los humanos usaba carros tirados por caballos, el automóvil y el teléfono eran sólo para los ricos y la correspondencia tardaba días, semanas y aún meses en llegar a destino; asistió a todos los cambios posibles y algunos imposibles, desde la aparición de los jet de pasajeros, la bomba atómica y los cohetes espaciales, hasta la universalización en pocos años de las redes sociales, y aún le tocó contemplar los prolegómenos de la colonización de Marte… El futuro lo domina todo, y quizás sea bueno y normal –en todo caso inevitable- que ello suceda. Pero el hombre no puede prescindir de su pasado, hoy lo entiendo. Como no puede –aunque lo intente- desligarse por completo de la tierra.

Yo creo que nuestra familia no volvió a ser tan feliz como lo fuimos hace tiempo, bajo ese cielo siempre luminoso que brilla en mi recuerdo. Antes pensaba en el milagro del limonero y me reconfortaba. Hoy, sin embargo, la melancolía me lleva a reflexionar que los golpes de la vida no siempre nos fortalecen, como querían Nietszche y el jardinero amigo de mi padre, sino que nos van matando de a poco, por simple acumulación material. Pienso esto, tal vez, porque ya todos mis ancestros han muerto, los vi morir bajo los golpes de los años, y yo mismo, sin ser viejo, me siento oprimido por una vaga e inexpresable pesadumbre. Anteayer se cumplió un año de la muerte de mi madre y ese puede ser el motivo de mi melancolía.

Cuando evoco mis tiempos de infancia y juventud y cómo era el mundo y mis padres entonces, acuden imágenes muy nítidas de felicidad; la atmósfera es limpia y vivificante, el sol esplendoroso; y me sorprendo repitiendo unos versos para mis adentros:

No ha vuelto a ser el cielo
Tan claro como entonces, tan fragante
El trebolar que huelo,

La nube tan brillante,
El ansia de vivir tan acuciante.

Mis padres se me representan rodeados de alegría y de contento; veo el jardín de casa lleno de amigos; oigo los cuentos interminables de papá con sus dotes histriónicas, las representaciones teatrales que montábamos en el patio; los veo bailar como una pareja de enamorados; luego todo desaparece y sobrevienen las desgracias, la ruina económica, la vejez y sus achaques, y se hace cierta la advertencia de Sófocles de que no debe darse a nadie por feliz hasta que no haya vivido su último día. Decía Schopenauer (filósofo admirado por papá, pese a la evidente contradicción entre su alegría dicharachera y el pesimismo del alemán) que la vida es una sucesión de muertes interrumpidas a último momento, como el caminar es una sucesión de caídas que detenemos al avanzar el pie en cada paso; sin embargo, no salimos indemnes de esas muertes parciales: ellas nos van comiendo y erosionando, hasta dejarnos desnudos e indefensos.

Pienso en todo esto y me viene a la memoria aquel drama de Prietsley, "El tiempo y los Conway", que trata sobre el poder destructor del tiempo y también, no casualmente, sobre las visiones del futuro. Comienza en un presente de felicidad familiar en la casa de los Conway, con sus fiestas y sus representaciones teatrales improvisadas por los hijos de la familia, tal como sucedía en el jardín de mi propia casa. El segundo acto es la visión que la protagonista tuvo del futuro cuando quedó a solas en el altillo, una visión infausta como las que tenían mi madre y mi abuelo Camilo: toda aquella felicidad se había desvanecido, los padres habían muerto, las malas elecciones o el infortunio habían destruido las esperanzas de los hijos, la tristeza se había posesionado del solar familiar, no quedaban ni rastros de la antigua alegría. La protagonista vio todo eso, pero, como les sucedía a mi madre y a mi abuelo, no pudo hacer nada para evitarlo. Cuando en el tercer acto se regresa al tiempo presente, a la fiesta y la alegría que rodea a los Conway, ya asistimos a ella con irónica amargura, porque sabemos lo que va a suceder; sabemos que ese romance naciente entre dos jóvenes terminará en un matrimonio atroz, que los sueños de los otros personajes serán inexorablemente quebrantados. Es por eso que la precognición es un don maldito: el conocimiento del futuro desgraciado nos arruinaría toda vivencia dichosa, como les sucedía a mi abuelo y a mi madre al presentir la muerte de alguien querido.

Cuando me invade la melancolía tengo estos pensamientos acaso injustos, porque una vida es la sumatoria de todas las experiencias y no sólo las desventuras postreras. Si lo reflexiono con ánimo más propicio, entonces la enseñanza del limonero es otra. No es ya hacerse fuerte con los golpes. Es simplemente florecer y fructificar. Convertir los golpes en frutos. Tal vez al fin nos terminen matando, pero entretanto no pueden impedir que demos frutos.

Aun en medio de las penas de la vejez, mis padres eran felices en la contemplación de sus nietos, porque esa era su justificación. Y es allí donde florece y fructifica el legado de una familia, sea feliz o desventurada, y en ello cada uno ha dado su parte para bien o para mal.

Mi abuelo Camilo dio su parte de indignación frente a la injusticia, de eterna rebeldía frente al poder, de unión con todos los desventurados del mundo. Pienso en él y veo al adolescente levantando barricadas en la Semana Trágica, encrespándose de diginidad cuando lo llamaban despectivamente "negro".

Mi abuela Nani dio su parte de amor y alegría en la adversidad. Pienso en ella y la veo jugando a las escondidas con sus hijos recién llegados de la escuela, haciéndolos reír para que no supieran lo pobres que eran y no tuvieran que preocuparse porque mi abuelo estaba sin trabajo. La veo esperándome con mi golosina predilecta día tras día a la salida de la escuela, dadora de amor hasta el final.

El viejo Patricio Piter y el viejo Fracisco Garin dieron su parte de no dejarse vencer ni por la hambruna irlandesa ni por la persecución o el exilio, y no se arredraron ante la aventura de recomenzar en un mundo desconocido.

Mi abuela Beatriz dio su parte del trabajo incesante y de la valentía de dejar atrás un matrimonio desgraciado. La veo recién llegada de Estados Unidos instalándose en la casita donde pensaba poder al fin descansar gracias a sus ahorros penosamente conquistados, y el destino que se interpuso una vez más, y que enfrentó una vez más valientemente, hasta el fin.

Mi abuelo Victorio dio su parte de alegría invencible, de disparate y humor pantagruélico, y demostró que las lágrimas pueden olvidarse, pero nunca se olvida la sanación de la risa. Así es cómo lo recordaron, décadas después de su muerte, tantas personas que se rieron de sus chanzas y diabluras, porque nada hace tanto bien como reír.

Mi padre dio su parte de humor, honradez, ingenuidad, inocencia, amor por la libertad. Pienso en él y recuerdo sus cuentos para los niños, que sólo podía contar quien había aprendido a ser nuevamente niño.

Una vez intentaron convencerlo unos testigos de Jehová.

-¿Cuántos verán a Dios? -les preguntó mi padre.

-Ciento cuarenta y cuatro mil personas, lo dicen las Sagradas Escrituras, lo dice San Juan en el Apocalipsis.

-Uy, con los miles de santos y gente mejor que yo, no tengo ninguna oportunidad.

-Pero los hombres justos se quedarán en la tierra, resucitados.

-No quiero volver a la tierra, llena de mosquitos, malos olores, bochinche, calor y molestias -chanceó mi padre-. Yo quiero ver a Dios o nada. Si eso no es posible, entonces me voy a dedicar a la joda. Gracias por avisarme.

Yo trataba de no pecar en la esperanza de ver a Dios, pero ahora que ustedes me demostraron que eso no es posible, entonces no me cuido más, empiezo a salir con mujeres, a tomar vino hasta caerme al piso, a timbear, a morfar, a cometer los siete pecados.

Decía esto para hacer enojar a los predicadores, pero estoy convencido de que, si son ciertas las palabras del Evangelio y hay que volverse como niño para llegar a Dios, él seguramente lo habrá conseguido, con su sencillez y su inocencia, la que pobló nuestra infancia de cuentos maravillosos.

Mi madre dio su parte de sabiduría innata, de amor a las bellas artes, a la literatura y a la música, de deseo de superación y conocimiento. Ella nos enseñó a pensar, a ser honestos, a ser sensibles ante lo bello. Días pasados recibí una postal de mi hija, en la que me decía que a través de los mares nos unía la pasión por el arte. Pero esa pasión no me la debe a mí sino a Neli, su abuela, que nos la inculcó siguiendo el antiguo consejo de una maestra judía.

Por eso prefiero recordarlos a todos ellos en sus años de felicidad y esplendor. Pertenecían a ese grupo del que cantaba Machado:

Son buenas gentes que viven,
Laboran pasan y sueñan,
Y en un día como tantos
Descansan bajo la tierra.

¡Que así sea también para nosotros!

FIN

[1] Blázquez, Adrián (compilador). *Alexis Peyret. Un intellectuel emigrante du Bearn a L´Argentine.* Orthez: Editions Gascogne, 2008. Bosch, Beatriz. *Alejo Peyret, Administrador de la Colonia San José.* Buenos Aires: Academia Nacional de la Historia, 1977.

[2] Extractado y resumido de NOTICIAS SOBRE LA COLONIA SAN JOSÉ , por Lorenzo Cot, Sacerdote Limosnero de S. Excelencia el General Urquiza, Présidente de la Confederaciôn Argentina, Basilea, mayo 28 de 1859. Citado en "La Colonia San José y la Inmigración Europea", por Celia E. Vernaz, San José, Entre Ríos, 1986, Ediciones Colmegna, Santa Fé, páginas 73 a 87.

[3] Mi ancestro no tuvo el cargo de "secretario privado", como sostienen algunos parientes, sino de simple colaborador. Los nativos de la ciudad de Victoria sostienen que el secretario personal de Urquiza fue de esa localidad y se llamó Julián Medrano. Habría sido seleccionado entre los primeros abogados egresados del Colegio Nacional de Concepción del Uruguay y vivido en el Palacio San José hasta el momento del asesinato, habiendo observado a través de una ventana los pies del general abatido, mientras oía los lamentos de la familia. Medrano llevó a vivir consigo como protegida a una niña de diez años que estaba entre la servidumbre y también presenció el asesinato, y relataba hasta su muerte, a los 97 años, que ya habían cenado (la servidumbre cenaba temprano) cuando se oyó un tropel de caballos y gritos. "Todos corrían a ocultarse donde podían, pues el temor se apoderó de todos. Luego del asesinato y retirados los asesinos, empezó a salir de todos lados la servidumbre que aunaba sus lamentos en llanto y dolor". Si hemos de creer a la infinidad de relatos por el estilo que abundan en Entre Ríos, ese crimen tuvo más testigos que un clásico de futbol.

[4] Algunos de los asesinos tenían cuentas pendientes personales con Urquiza, pero no es el caso de los mencionados. Luengo le reprochó más tarde no haber auxiliado a Chacho Peñaloza, de quien fue seguidor.

[5] "La decisión con que el general Urquiza, ya sea en el puesto de gobernador de Entre Ríos o como personalidad política, de gran prestigio en el país, se puso al servicio de la autoridad nacional, presidida por el general Mitre primero y por el señor Sarmiento después, fue la causa, principal o única, de la conspiración contra su vida", escribió Julio Victorica, Canciller de la Confederación y secretario privado del general entrerriano en los años 60 del siglo XIX, (Julio Victorica, Urquiza y Mitre. Contribución al estudio histórico de la organización nacional, Buenos Aires, J. Lajouane & Cía Editores, 1906, págs. 548).

[6] Sostiene Fermín Chávez en su artículo "Urquicista, mitristas y jordanistas" que hubo dos conspiraciones simultáneas para asesinar a Urquiza: una, planeada por el Partido Liberal (masón) de Buenos Aires y otra gestada en el seno del Partido Federal entrerriano por el sector jordanista, siendo que éste último se adelantó ("El topo blindado, número 3, noviembre de 1959, página 8).

[7] José Hernández, Vida del Chacho, Antonio Dos Santos, editor, 1947, pág. 114.

[8] Wilcken G.: Las Colonias, Buenos Aires 1872. Citado en Vernaz, Celia E., "La Colonia San José y la Inmigración Europea", SAN JOSÉ — ENTRE RíOS, 1986, EDICIONES COLMEGNA, SANTA FE — ARGENTINA

[9] (Diccionario Universal, París 1834)

[10] (Dictionary of Dictionaries, Paris 1837).

[11] (Diccionario francés de Paul Robert, París 1989)

[12] Lonfat Germain: Les colonies agricoles de la République d'Argentine décrits aprè cinq années de séjour, Lausanne 1879, en Les emigrants, de Paul Parchet, Vouvry 1970.

[13] Extractado de VERNA Z, CELIA E., "La Colonia San José y la Inmigración europea", SAN JOSÉ — ENTRE RiOS, 1986, EDICIONE S COLMEGNA, SANTA FE — ARGENTINA

[14] Idem.

[15] Ibidem.

[16] Annales Valaisannes: Carta del P. Agustín Claivaz a sus Superiores, 10 de diciembre de 1818.

[17] Wilcken G.: Las Colonias, Buenos Aires 1872. Citado en Vernaz, Celia E., "La Colonia San José y la Inmigración Europea", SAN JOSÉ — ENTRE RiOS, 1986, EDICIONES COLMEGNA, SANTA FE — ARGENTINA

[18] Idem.

[19] Vernaz, Celia E., op.cit.

[20] Wilken G., op.cit.

[21] "Kurt Welk, un inmigrante alemán, que había participado de intentos de conformación de comunidades de acuerdo a los principios del socialismo utópico en Centroamérica, se unió al falansterio de Entre Ríos en 1903. Era un ferviente defensor del arte como liberador de los pueblos y especialmente confiaba en el teatro como vehículo de ideas y creador de espíritus críticos." Fos, Carlos (Subdirector del Centro de Documentación del CBA, Teatro San Martín), "El actor en el Falansterio. El sueño de Charles Fourier".

[22] Sobre el falansterio Durandó y su creador, puede consultarse: Fos, Carlos, "El actor en el Falansterio. El sueño de Charles Fourier" . Guionet, Héctor Norberto, "La Colonia San José Inmigrantes: memorias entre ríos e imágenes 1857-2000."; Bourlot, Rubén, "La utopía comunitaria de la colonia San José"; Markic, Mario, "Cuadernos del camino: de Tierra del Fuego al cometa Halley".

[23] Mateo, Graciela: "La inmigración histórica en Argentina. Los que vinieron

y se quedaron. El caso de Villa Elisa, Entre Ríos, Argentina", CEAR - Universidad Nacional de Quilmes. Argentina; Dejenderedjian, Julio C. "La colonización agrícola en Argentina, 1850-1900: problemas y desafíos de un complejo proceso de cambio productivo en Santa Fe y Entre Ríos". En *América Latina en la historia económica*, Nº 30, México, 2008.

[24] Mateo Graciela, op.cit.

BOOKS BY THIS AUTHOR

Manuel Belgrano, Recuerdos Del Alto Perú.

Crónica novelada de la campaña libertadora del General Belgrano.

Manual Popular De Derechos Humanos

Manual de divulgacion de los derechos humanos en Argentina y América.

El Discípulo Del Diablo. Vida De Monteagudo.

Biografía de Bernardo Monteagudo y su trabajo revolucionario junto a Castelli, Alvear, San Martín, O·Higgins y Bolívar.

Próceres Argentinos Por La Patria Grande

Artículos y conferencias sobre Belgrano, San Martin, Castelli y Monteagudo.

El Último Perón

Crónica del último gobierno del tres veces presidente de la Argentina, Juan Domingo Perón.

Anticristo. Historia De Una Profecía Jesuítica Sudamericana.

Historia de la profecía apocalíptica, de los jesuitas y de la influencia del teólogo chileno Manuel Lacunza y su visión del Anticristo sobre la revolucion independentista sudamericana, desde Manuel Belgrano hasta el Papa Francisco

Don De Amor, Don De Vida

Libro de poemas.

La Maldición De San La Muerte

Novela policial negra umbanda anónima editada por Garin.

Cuentos De Fantasmas, Diablos Y Otros Mundos

Serie de libros de cuentos en varios volúmenes que relatan historias de fantasmas, crímenes, exploradores, náufragos y eventos sobrenaturales recogidos en viajes por América y en la tradición familiar y popular.

Los Labios De La Extraña

Crónica de lujuria y crimen en el conurbano bonaerense.

www.ingramcontent.com/pod-product-compliance
Lightning Source LLC
Chambersburg PA
CBHW051957150726

47999CB00004B/1415